60秒先の未来、教えます

登場人物紹介

シド（狼）

シドが魔法で変身した姿。ひかりが昔飼っていた犬のクロに似ている。

シド・サンティエール

特殊部隊の隊長。異能持ちの隊員たちを上手くまとめている。自身も魔王を倒した英雄の子孫で、チート級の強さを誇る。

佐木見《さきみ》ひかり（ルーシア）

神社の娘。先祖から『夢視《ゆめみ》』の力を受け継いだ。召喚先の異世界で、特殊部隊に入ることに。訓練によって60秒先までの未来を予知できるようになった。

オルソ
特殊部隊の副隊長。熊の姿をした獣人。頼りがいがある近所のおっちゃんキャラ。
ミカ
特殊部隊の隊員。『魅了《チャーム》』の力で人を虜《とりこ》にする吸血鬼。オネエ言葉を使うが、実は超がつくほどの女好き。
アルダ
特殊部隊の隊員。真っ白でモフモフの狼に変身できる。イケメンなのに極度の女嫌い。
リュシアン
皇帝の侍従武官。次期騎士団長と目《もく》されていたため、今の職務には納得していないらしく——？
ユーリ殿下
皇帝の異母兄。いつも穏やかで優しく、庶民からも人気がある。
ヴィクトール陛下
ルド＝ラドナ皇国の皇帝。幼いながらも聡明で器量もあるが、愛情に飢えている。

目次

60秒先の未来、教えます

プロローグ

私——佐木見《さきみ》ひかりは五歳の頃、とても怖い夢を見た。

短い悲鳴と共にベッドから飛び起きると、冬だというのにパジャマが汗でびっしょり濡れていたのを覚えている。

微《かす》かに震えていた私の手を、飼い犬のクロがぺろりと舐めた。

「クロ……」

小さく呼びかけたら、普段は決してベッドの上に乗らないクロが迷うことなく飛び乗ってきた。

そして目の前でお座りをし、心配そうに私の顔を覗《のぞ》き込む。

私はクロの身体に手を回してギュッと抱きつく。犬の高い体温を感じて、ようやく落ち着きを取り戻した。

「クロ、いっしょに寝よ？」

布団を少し持ち上げると、クロは嬉しそうに中に入ってくる。

「おやすみ……クロ」

「くうん」

返事をするように鳴いたクロ。ぴったりと寄り添うと、柔らかな黒い体毛が心地よかった。人間よりも少し速めの心音を聞きながら、私はもう一度眠りに落ちていったのだった。

次の日の朝、クロと連れ立って一階へ下りていくと、キッチンに立っている父の姿を見つけた。

「パパ……」

「おはよう、ひかり。どうした？　なんだか元気がないようだが、熱でもあるのかな？」

父は料理の手を止め、私のおでこを触《さわ》る。

私はそれを受け入れつつも首を横に振った。

「ちがうの。きのうの夜ね、とてもこわい夢を見たの」

その夢は、今でもはっきりと覚えている。

――まるで生き物のように燃え上がる炎、悲鳴をあげながら逃げ惑う人たち。

落ち着いていた心が再びざわめく。思わず泣きそうになった私の背中を、父は優しく撫でてくれた。足元で伏せていたクロも心配そうに「くうん」と鳴いて、私にすり寄ってくる。

「夢におばけでも出てきたのかな？」

「ひかり、おばけはこわくないもん！　クロがいるし……」

クロは半年前に我が家にやってきた新しい家族だった。五歳の誕生日に母が買ってくれたオスの犬。真っ黒な毛並みを見た瞬間、私がクロと名付けた。それ以来ずっと一緒に過ごしていたので、兄のような、弟のような存在だ。

だが、我が家に家族が増えたのは一瞬だった。クロが来た二週間後、母が交通事故で死んでしまったのだ。

「……それに、ママもきっとお空からみまもってくれてるもん」

父も母のことを思い出したのだろう……どこか悲しげな笑顔で、私の頭を撫でた。

「じゃあ、どんな夢を見たんだい？」

「……大きなお店がもえて、あつくて……たくさんの人がさけびながら逃げてたの」

とてもリアルで、夢なのに熱さと焦《こ》げくささを感じた。まるで自分もそこにいるかのような錯覚《さっかく》に陥《おちい》り、天井のガラスが割れて降り注《そそ》いできたところで飛び起きたのだ。

父は目を見開いたあと、ひどく辛そうな顔をした。

「そうか……。ひかりは『夢を視《み》た』か」

父は床に膝《ひざ》をついて、目線の高さを合わせる。そして私の肩に両手を添えた。

「いいかい、今からお父さんは少し難しい話をする。今のひかりにはまだ理解できないかもしれないけれど、聞いてくれるかい？」

いつになく真剣な父の様子を見て、私は緊張気味に頷《うなず》いた。

「ひかりは自分のおうちがよその家とは違うなって思ったこと、あるかい？」

私の家は神社だ。そのくらいは三歳頃から知っていた。

頷《うなず》いた私を見て、父は話を続ける。

「私たちの氏名《うじな》である『佐木見』はね、代々『先見《さきみ》』を生業《なりわい》としてきた一族なんだ」

初めて聞いた言葉に私が首をひねると、父は苦笑を漏らす。

「ちょっと難しかったね。……昨日の夜ひかりが視《み》た夢は、これから本当に起こることなんだ。だからその夢を元にして、どこでいつ何が起こるのか、被害はどれくらいなのかを調べなくてはならない」

あの悪夢と同じことが現実に起こる？　そう知らされた私は動揺した。

「怖いかい？」

優しく問う父に、私はゆっくりと頷《うなず》く。

「そうだね。無理もない。ひかりはまだ五歳だもんな……でも昨日視《み》た夢をひかりがしっかり思い出してくれたら、たくさんの人を救えるかもしれないんだ。すごいだろう？」

「……ヒーローみたいに？」

人を救う――その言葉で私の頭の中に、最近ハマっている戦隊ヒーローが浮かんだ。女の子が戦隊ものなんて、おてんばだと思われるかもしれないが、とにかく格好いいのだから仕方ない。

『この世界は私が救う！』という決めゼリフとポーズを、私がよく真似ているのを思い出したのだろう。父が笑って尋ねてくる。

「そうだね、ひかりもヒーローになれるかな？」

憧れのヒーローになれるというのは魅力的な誘いだったが、怖いものは怖い。そのため、すぐに頷《うなず》くことはできなかった。

そんな私の背中を押すかのように、父は更なる一手を投じる。

「母さんも佐木見神社の巫女《みこ》として、同じことをしてたんだぞ？」

「ママもヒーローだったの⁉」

驚いた私が興奮気味に叫ぶと、父は苦笑を浮かべた。

「母さんは『夢視《ゆめみ》の巫女《みこ》』といってね、その力を使って人を救っていたんだ。佐木見家は『先見《さきみ》』の中でも夢を通じて未来を視《み》る『夢視《ゆめみ》』の一族で、大きな災害を何度も予言してきたんだよ」

よくわからなかったが、母も自分と同じような怖い夢を視《み》ていたことは理解できた。

「ママといっしょかあ……」

嬉しくなる私とは反対に、父は顔を曇《くも》らせる。

「本当なら、ひかりかお兄ちゃんのどちらかが成人してから力を受け継ぐはずだった。だが『巫《み》女《こ》』であった母さんが死んでしまったことで、たった五歳のお前に力が渡ってしまったようだ……私が代われるものなら代わってやるんだが……すまない」

辛そうな父の表情を見て、私は悲しくなった。

「どうしてパパじゃダメなの？」

頭をそっと撫でてあげると、父は下を向いて目元を拭《ぬぐ》う。顔を上げた父の目は、少し赤くなっていた。

「ここ『先見《さき み》神社』は、母さんの生まれた家だ。私には佐木見の血が流れていないから、ひかりか直哉《なおや》お兄ちゃんのどちらかでないとダメなんだよ……母さんが死んでしまったときに覚悟はしていたが、今年十五歳になる直哉ではなく、五歳のひかりが受け継ぐとは……子供たちから母を奪ったあげくにこのような……運命は残酷だな」

途中からなんとか絞り出したような掠《かす》れ声になってしまい、うまく聞き取れなかった。それに内容も難しくてさっぱりわからない。ただ、父がひどく苦しんでいるのだけは伝わった。

「パパ、だいじょうぶ？」

「ああ、ありがとう。どうしてこう思うようにいかないんだろうな……子供のひかりに『先見《さきみ》』の力は酷《こく》すぎる……」

落ち込んだ父の姿を見て、私は必死に励まそうと頑張った。

「ひかり、ずっとヒーローにあこがれてたの！　それにクロもいるし、ママとおなじことできるよ！　もうひかり五さいだもん！」

「……ありがとう。ひかりは強いな」

その後、父は見たことがないほど真剣な表情になり、昨夜視《み》た夢についてたくさん質問してきた。

――燃えていたのはどんな建物だったか、看板などは見えたか、何時くらいだったか……

できる限り思い出しながら答えると、父はいつもの穏やかな表情で私を抱きしめてくれた。

「ありがとう。これからも夢を視《み》たら、お父さんに教えてくれるかな？　もし怖ければ、お父さんの部屋に来てもいいからね」

「うん。でもクロがいるからへいきだよ。きのうの夜も、ずっといっしょにいてくれたんだ」

「そうか、クロはひかりと仲よしだからな。クロ、ひかりをよろしく頼むよ？」

父は、キッチンの床でお座りをしたまま餌《えさ》を待つクロの頭を撫でた。

「くぅん……」

クロは撫でられて嬉しそうだが、それよりもお腹が空いたと言いたげだ。

そこで私のお腹もグウッと大きな音を立てた。父が声をあげて笑う。

「さ、クロもひかりもお腹が空いているみたいだし、お父さんは朝ご飯を完成させないとな！」

「うん！」

「わん！」

これが『夢視《ゆめみ》の巫女《みこ》』としての、早すぎるデビューだった。

第一章　これは夢か現実か!?

――ピピッ、ピピッ、ピピッ。

目覚まし時計の電子音で目が覚めた日は、私にとって嬉しい日である。逆に明け方、悪夢にうなされて飛び起きるのが最悪の日と言えた。

「……でも土曜の朝に聞くと、さすがに恨めしく感じるわね」

社会人生活も五年目になるが、早起きだけは未だに辛い。休みの日くらいゆっくり起きようと思っていたのに、昨夜アラームを解除するのをうっかり忘れていたらしい。

私はベッドの中から手探りで目覚まし時計を探し、停止ボタンをバシッと叩いた。

パジャマのまま一階のリビングへ下りると、十三年前に結婚して家を出た兄の直哉と、今年十二歳になる甥《おい》の明人《あきと》の姿があった。

「ひかりさん、おはよう」

「お前がこんなに早く起きてくるなんて……せっかくの休日が雨になるからやめてくれ」

兄は時計の針と私を見比べて笑っている。言い返したいところだが、寝汚《いぎたな》いのを自覚している私は何も言えず、明人にだけ挨拶《あいさつ》を返す。

「明人、おはよう」

キッチンから出てきた父は、私を心配そうに見ている。きっと夢視《ゆめみ》が悪くて早起きしたとでも思っているのだろう。

「おはよう、ひかり。今朝はどうだ?」

父からコーヒーを受け取りながら、首を横に振る。

「夢は見たけど、『夢視《ゆめみ》』の力とは関係ないと思うわ」

「どんな夢だったんだ?」

それでも心配そうな父に、私は夢の内容を話し始める。

「見た目がまんま熊の紳士とか、胸がぺったんこのオネエさまが出てくるんだけど……興味ある?」

父は目を見開いたあと、苦笑を漏らす。

「……いや、聞かないでおくよ」

「久しぶりに楽しい夢だったんだけど、きっと普通の夢よね。他にも狼男とかエルフとか魔法使いとか色々出てきたわ。今日見た夢はそれだけ」

「そうか、わかった」

夢の記憶が薄れていない朝のうちに、昨夜見た夢を伝える。それが私と父の習慣だ。五歳の頃から続けているので、かれこれ二十二年になる。当時と変わったのは……私の傍《そば》からクロがいなくなったこと。

私はカウンターの上に飾られたクロの写真に目を向け、心の中で『おはよう』と挨拶《あいさつ》する。これも毎朝の習慣だった。

写真立ての中のクロは、すでに老犬だ。私が大学に合格したときに記念として撮ったもので、この一年後にクロは息を引き取った。

真っ黒な毛は長くてフワフワしており、青い目は空のように澄んでいて、とても穏やかな犬だった。大型犬にしては長い十四年という時を、私たちと共に過ごした。

クロは私の兄弟であり、友だちであり、時には親代わりでもあった。

クロの死後、悲しみに沈んでいたら、父が新しい犬を飼うかと言ってくれたが、私は迷った末に結局やめた。母の代わりがいないのと同じように、クロの代わりもいないからだ。

大人になった今は、夢に怯《おび》えることもなくなった。それでも時折クロの温もりや、手触《てざわ》りが恋しくなる。

クロには随分と助けてもらったのに、何も返せないまま死なせてしまった。クロが死んで八年経っても、たまに姿を探してしまう自分がいる。

もう一度、叶うことならあの身体に抱きつきたい。

「ねえ、ひかりさん」

明人に声をかけられ、私はハッとした。どうやら一人で感傷に浸《ひた》ってしまっていたようだ。

「なあに、明人?」

そう言って明人のほうを見る。黒い髪と涼しげな目元。子供らしくふっくらとしていた頬《ほお》は最近シャープになり、男らしさが出てきた。あと数年もしたらモテモテになるだろう、自慢の甥《おい》っ子だ。

まだ小学生だなんて信じられないほど落ち着いた子だが、珍しく不安げな様子でこんなことを言い出した。

「実は、僕も今朝似たような夢を見ました……そんな現実離れした夢を同時に見るなんて、変じゃないですか？」

　真剣な表情の明人に、私も真面目に答える。

「そりゃ、絶対にただの夢だと言い切ることはできないわ。けれど少なくとも私の知る限り、親父ギャグを口にする熊なんて実在しないわね。もちろんエルフや魔法使いも……ちなみに明人のは、どんな夢だったの？」

「はっきり覚えてるのは、子供の王さま。誰かに命を狙われてるみたいでした。それを守ってるのが魔法使いとか狼男とか吸血鬼とかで……だけど、結局悪人が王さまを暗殺して国を乗っ取ってしまうんです」

　明人の話を聞いて、私は首を傾《かし》げた。

「うーん、私の夢とはちょっと違うかなあ。私が見たのは勇者が魔法使いとか狼男とかを従えて魔王と戦う夢だったもの。最後は勇者がお姫さまと結ばれてハッピーエンド」

　私がそう告げたとき、兄が何かを思い出したかのように声をあげる。

「あ！　それって母さんがよく寝る前に聞かせてくれた物語じゃないのか？」

「正解！　昨日書斎《しょさい》でその元ネタっぽい本を見つけて読んでたの。寝落ちするまで読んでたから、きっと夢に見ちゃったのね」

「またお前は……」

兄に呆れ顔をされ、私は笑ってごまかす。

「だって、途中でやめられなかったんだもん」

ちょっとのつもりが、予想以上に面白くて手が止まらず、いつの間にか眠ってしまったのだ。

結果、休日なのにアラームを解除し忘れることになったのだが、まあそれはいい。

「本に夢中になりすぎると、その影響で予知夢が視《み》られなくなるかもしれないぞ？」

「うん、今日は気をつける」

私の返事を聞いて、今度は父が呆れ顔をする。

「まだ読み終えてないのか？」

「昨日のは読み終えたんだけど、続きがあるみたいなの。お母さんが気に入ってた物語だし、続きも書斎《しょさい》にあるんじゃないかと思って……」

母の死から二十年以上経った今も、私物は全て残してあるのだ。

「ね、明人。そんなわけだから、何も心配することないわ、きっとただの夢よ」

「わかりました」

安心した様子で頷《うなず》いた甥《おい》を、親になったような気分で見つめる。

素直で聡明《そうめい》、そして何より優しい子だ。

もし私がこのまま結婚せず子供も作らなかったら、『夢視《ゆめみ》』の力は明人に受け継がれるのかな？

なんてことを最近よく考える。何しろ私ときたら、二十七歳だというのに会社と家の往復ばかりで、恋愛一つしたことがないのだから。

恋人いない歴と年齢が同じだと知った友人たちは、口をそろえて言う。

『あ、そっか！　ひかりの家って神社だもんね。巫女《みこ》さんだから恋愛禁止なんだ！　大変だね〜』

私は曖昧《あいまい》な返事でごまかすが、実際のところ……全く関係ない。

うちの神社の場合、特に恋愛を禁止されているわけではない。現に恋愛どころか結婚までしていた母も、巫女《みこ》の役目を立派に務めていたのだ。

母の例から、異性とその……肉体関係を結んでも力は失われないことがわかる。だが、それ以外は一切不明だ。佐木見の血筋に力が受け継がれるということ以外、何もわかっていない。

「ところで、お兄ちゃんと明人はこんな朝っぱらからどうしたの？」

兄たちがここに来るのは、年に数えるほどだ。大体はお盆や正月といった長期休暇のときで、こうして週末に来ることはめったにない。

「そうだ、そのことなんだが……ひかりは自分の力に何か違和感はないか？」

父が心配そうに尋ねてくるけれど、何も思い当たらない。

「特にないけど……どうして？」

「なんでも、明人に力の片鱗《へんりん》があったと言うんだ」

「明人に!?」

驚いた私は、明人をまじまじと見る。

「始まりは些細《ささい》なことだったらしい。駅前のスーパーが閉店するとか、抜き打ちテストがあるとか、夢が現実になることが数回続いた。偶然だろうと思っていたが、近所で交通事故が起きる夢が現実になり、さすがに変だと思ってここに来たらしい。お前なら何かわかるかも、とな」

「へ？　私？」

過度な期待をされているようだが、残念ながら私にもさっぱりだ。

「ごめん、何もわかんない。でも、それって私の力が明人に移りつつあるってこと？」

「さあな。そもそもどうやって受け継がれてきたのかも謎だ。今は様子を見るしかない。だが、もし明人に力が移るようなことがあれば――」

「わかってる。明人にこの神社を継いでもらわねばならない、でしょ？」

父は厳しい顔で頷《うなず》いた。私としてはこの力があってもなくても構わないが、父には母の代わりに家を守るという責務がある。

「そっか、それで今日の夢のことも心配してたんだ……」

私が視線を向けると、明人は小さな声で「はい」と返事をした。

「私のときは前触れもなしに突然だったけど……人によって違うのかもしれないし、正直わかんないわ。力になれなくてごめんね。でも可能性は十分にあると思う。偶然で済ますには無理があるもの」

「……なんか、ひかりさんの居場所を奪うようで嫌なんですが」

「やだなあ！　そんなこと気にしないでちょうだい。私はお嫁にでも行くから」

おどけたふうを装《よそお》うも、内心は複雑だった。明人はしっかりしているとはいえ、まだ子供なのだ。今ならあのときの父の心情が理解できる。『夢視《ゆめみ》』は子供には酷《こく》な力だ。できることなら、あと数年は私が役目を背負ってあげたい。

今思うのはそれくらいで、二十年以上連れ添ったこの力と決別するかもしれないということに関しては、まだ実感が湧かなかった。

「お嫁にって、あてはあるんですか？」

鋭いツッコミを入れてくる明人を、私はキッと睨《にら》みつける。

「ないわよ！　何？　私に喧嘩《けんか》売ってるの？」

「い、いえ……」

小学生相手にムキになる私を見て、父が呆れた様子で止めに入る。

「こら！　まったく大人げない」

「だって！」

「とにかく、まだ力が完全に移行していない以上、今の『夢視《ゆめみ》』はお前だ。しっかり頼むぞ、ひかり」

「はあい」


奥さんが家で待っているからと言って、兄は明人と車ですぐに帰っていった。奥さんは現在二人目の子を妊娠中で、長時間の車移動はしんどいからと留守番をしているらしい。

父も神社の掃《は》き掃除をするため外に出てしまい、私は一人になった。

「まったく、年頃の女が土曜日の午後、家に一人って……まあいいや、本の続きでも探して読も

「うっと」

階段を上《のぼ》って書斎《しょさい》に入る。壁際に置かれたたくさんの本棚には、この神社の歴史から始まり、経済、流通、土木、建築、薬学など、色々な書物が並べられていた。誰が集めたのかは不明だが、中には文字が墨《すみ》で書かれ、紐で綴《と》じられた古いものまである。

「相変わらず埃《ほこり》っぽいなあ……えーと、あれ？　ないなあ……もしや後ろに落ちてるとか？」

探している本が見つからず、本棚の後ろを覗《のぞ》き込む。

「あ！　何か落ちてる……きっとあれよね」

母の死後、誰も読む人がいなかったからだろう。うっすら、なんてレベルではない埃《ほこり》が本の上に積もっていた。

「落としたら、落とした人がっ、拾いなさいよ、ねっ！」

身をよじって無理やり手を伸ばし、なんとか本を拾おうとする。二分近くかかって、どうにか引っ張り出すことができた。

本棚の後ろから出てきたのは、大判で真っ赤な表紙の本だった。

「うへえ、汚い……」

息を吹きかけたら、積もった埃《ほこり》がもうもうと舞い上がる。

「うわっ、ぶっ……失敗した」

耐えきれず私は窓を開ける。差し込む光で埃《ほこり》がキラキラと輝いた。

「まさか本一冊のために、こんな埃《ほこり》まみれになるなんてね。あとでシャワー浴び……あれ？　こんな表紙だっけ？」

綺麗になった表紙を改めて見ると、探していた本と違うことに気づいた。

「嘘……せっかく頑張ったのに違うの？」

昨日読んだ本は、赤いカバーにタイトルといかにもファンタジーらしいお城の絵が描かれていた。今手にしている本にはカバーがかかっておらず、タイトルもイラストもない。金色で不思議な文様《もんよう》が描かれているだけだ。

その不思議な文様《もんよう》はオカルト映画に出てくる魔法陣のようだった。

「気味悪い……赤いから、てっきり探してる本だと思っちゃった。仕方ない、また探そうっと」

大きくため息を吐《つ》いて、本を本棚に戻そうとする。

そこで、ふと手を止めた。

「……これって結局なんの本なのかしら？　表紙を見た限りじゃ、黒魔術の本って言われても信じちゃいそうだけど……まさかね。せっかく頑張って拾ったんだし、少しくらい読んでみようかな」

恋愛運を急上昇させるおまじないが載ってるかも……なんて不純な動機を抱きつつ、表紙にそっと手を掛けた。

一瞬、抵抗を感じたものの、本の古さと汚れのせいだと思って強引に開く。

「――っ！」

次の瞬間、光の洪水――なんてありふれた表現だけれど、それがまさに相応《ふさわ》しい圧倒的な光に呑み込まれる。

突然のことに声も出せず、本から両手を離して目を覆《おお》う。

何も見えない中、足元の地面に穴が空いたように感じた。全てが真っ白で手がかりとなるものは何もないのに、なぜか自分が落ちているということだけは、はっきりとわかる。

「ちょっ、ちょっと、嘘でしょ！」

本の重みで床が抜けたとしても、この穴は少し深すぎないか？　まるでマンションの上層階から落ちているかのような感覚だ。

「私の家は、二階建てのはずよおおおお!?」

やがて肌に感じる空気が変わり、白く染まっていた視界が元に戻った。真っ先に見えたのは、石でできた硬そうな床。

私は衝撃に備え、目を閉じて身体にグッと力を込める。だが落下が止まったとき、想像していたような痛みは襲ってこなかった。

生きていることに安堵《あんど》して、大きな息を吐き出す。そして恐る恐る目を開けた。

どうやらここは室内のようだ。それもとびきり豪華な……

傷をつけたらとても弁償できないほど高そうな絵画が飾られている。天井には見たこともないくらい立派なシャンデリア。周囲に置いてある調度品も芸術作品みたいに美しい。

「……ん？　何これ？　夢？」

もしかして居眠りでもしちゃって、『夢視《ゆめみ》』の途中なのかしら？

そんなことを考えたとき、すぐ傍《そば》から低い声が聞こえた。

「そろそろ人の上から下りてもらいたいんだが？」

びっくりして辺りを見回すけれど、誰もいない。

「下だ、下」

「下？」

そう言われても、私の下には石の床があるだけだ。先程は余裕がなくて気づかなかったが、これまた高そうな石でできている。

……ん？　石の床？　その上に座っているにしては、妙に温かくて柔らかい。

「とにかく、いい加減に立て！　三秒以内に立たなければ燃やしてやる。一、二……」

「へ？」

わけがわからないものの、言われた通り慌てて立ち上がる。

自分の座っていた場所を振り返り、私は目を見張った。

「ちょっとなんな……の、よ……」

「……嘘」

今見ているものが信じられなかった。

でも、ここは夢の中である可能性が高い。それなら目の前の奇跡だって信じられる。

「クロッ！」

そう叫んで、大きな黒い犬に飛びついた。青い瞳が特徴的で、艶《つや》やかな毛並みの犬。まさに若い頃のクロそのものである。

ぎゅっと抱きしめて、八年ぶりの手触《てざわ》りと温もりを堪能《たんのう》する。

「クロ！　クロ！　会いたかった……」

けれど、クロは身をよじって腕から逃げ出してしまう。そして少し距離を取り、じっと私を見据《みす》えて口を開いた。

「お前は一体なんなんだ？　さっきから人の上に落ちてくるわ、突然飛びかかってくるわ……」

「え？」

一瞬、耳を疑った。だが、どう考えてもクロがしゃべったようにしか思えない。

「今……クロがしゃべったの？」

「クロっていうのは、まさか俺のことじゃないだろうな？」

「やっぱりクロがしゃべってる……あ！　でも夢ならそれもありえるよね」

クロは八年前に死んでしまったのだから、こうして目の前にいること自体、現実ではありえない。それに本棚と私の体重――ゴホン、で家の床が抜けたのだとしても、こんな見たこともない場所に辿《たど》り着くわけがない。

だから、これはやはり夢なのだ。私はそう結論づけた。

「クロ、ほら！　おいで」

呼びながら軽く手を叩いて、両手のひらを見せる。そうすると私の傍《そば》に飛んできて、手のひらに顔を擦《こす》りつけるはずなのに……

「どうしたの？　ほら、お腹ナデナデしてあげるよ？」

クロは犬なのに、器用にため息を吐《つ》いてみせた。

「残念ながら、俺はクロではない……いい加減、クロから離れてくれると嬉しいのだが？」

私は再びクロに飛びかかると、抱きついてお腹や耳を撫で回す。

「だってクロじゃん！　この手触《てざわ》り！　この身体！　この目……って、あれ？」

私はクロの顔を両手で挟み、まじまじと観察する。

「……クロの目って、こんなだっけ？」

同じ青色ではあるものの、目の前のクロの瞳孔《どうこう》は猫のように縦に細くなっていた。

「確か真ん丸な瞳孔《どうこう》で、可愛らしく好き好きって訴えてきていたような？」

「だから言っているだろう。そのクロとやらではないと。俺の名はシドだ」

ずっと私のなすがままにされていたクロ……いやシドは、ムスッとした表情で告げる。

「なんだ……本当にクロじゃないんだ」

「クロが何者かは知らないが、そんなに似ていたのか？」

「うん……もう八年も前に死んじゃったんだけどね。夢の中でなら、もう一度会えたとしても不思議じゃないかなって……」

その言葉に、シドが目を見開いた。

「夢？　ここが、お前の夢の中だと？」

「だって私は家にいたんだもの。書斎《しょさい》の本を開いた瞬間、光に包まれてここに来た。そんなの夢に決まってるでしょう。それ以外に、この不思議な現象をどう解釈したらいいの？」

私の話を聞いているシドの耳が、時折ピクッと動く。それが可愛くて触《さわ》りたい衝動に襲われたが、グッと我慢した。

「ちなみに、お前の住んでいたところはなんという？」

「住んでいたところ？　K県のMっていう町だけど」

「いや、国の名前だ」

変わった質問に、私は首を傾《かし》げながらも答える。

「日本だよ？」

「ニホン……そうだろうと思ってはいたが、やはりそうか」

一人納得している様子のシド。私には何がなんやらさっぱりだ。

「お前に説明しなければならないことがありそうだ。……少し待て」

そう言った途端、シドが光り始める。強い光に犬の輪郭《りんかく》が溶けていき、次の瞬間には犬は消え、一人の男性が立っていた。

それも普通の男性ではない。ずば抜けて容姿の整った外国人である。

「え!?」

目の前でとんでもないイリュージョンを見せられた私は、顎《あご》が外れるくらい大口を開けた。

「え？　え？　どういうこと？　え？　何？　シドは？」

「一時的に姿を変えていただけで、こちらが本来の俺だ」

男性はシドと同じ声で言った。

確かに青い目をしていて髪も黒い……でも類似点《るいじてん》といえばそれくらいで、あとは全然似ていなかった。

意思の強そうな眉と、少し皮肉屋っぽい口角の上がった唇。切れ長の目は鋭く、いかにも性格の悪そ……いやS《エス》っぽい雰囲気だ。さっきまでの善良《ぜんりょう》そうな犬とは全く違う。

「……それが本来の姿？　犬じゃないの？」

「一応訂正しておくが、先程の姿は犬ではない。狼だ」

「嘘……」

狼に抱きついていたのかと思うと肝《きも》が冷えた。だが元々は人間ならば、食べられる心配はなさそうだ。

「それともう一つ、訂正しておくことがある。大事なことだからしっかり聞け。……ここはお前の夢の世界ではない。現実だ」

理解しがたい内容に、私は言葉を失った。

静かになったのを幸いとばかりに、男性は話を続ける。

「ここは皇帝ヴィクトール・マルク・ルド＝ラドナ陛下が治める国、ルド＝ラドナだ。お前を召喚《しょうかん》した覚えはないのだが……とりあえずは歓迎しよう、異世界人よ」

どう好意的にとらえても歓迎されているようには聞こえなかったが、まあそんなことはどうでもいい。

「ヴィ、ヴィクトール……皇帝？　召喚《しょうかん》？　異世界人？」

わけがわからない上に、早口言葉の練習かと思ってしまうほど長い名前。全て覚えることは早々に諦《あきら》めた。

「……順を追って説明しよう。とりあえず、その開いたままの口を閉じてそこに座れ」

視線で促《うなが》された先にあったソファーに座る。もちろん口を閉じるのも忘れない。

ソファーは座り心地がよく安定感があった。きっと、とてもいいものなのだろう。

どうやら男性は、この部屋の主《あるじ》らしい。慣れた様子で中央に置かれた机を漁《あさ》っている。

「あの……」

「少し待て」

そう言うと、彼はペンと書類を手に椅子に座った。

「今から言うことは、冗談でも嘘でもない。全て事実だ。わかったか？」

まだ現実感はないけれど、ひとまず私は頷《うなず》いた。

「まずは自己紹介からだな、俺はシド・サンティエールだ。お前の名は？」

「佐木見ひかりです」

「出身は？」

それはさっきも聞かれたな、と思いながら答える。

「日本ですけど」

「……聞き方がまずかったな。出身惑星は？」

「わ、惑星？　……地球です」

こんな質問をされたのは生まれて初めてなので、この答え方で合っているのかどうかもわからない。

「年齢は?」

「二十……七歳です」

サバを読もうかという乙女心が働いたが、やめておいた。

「性別は?」

まさかこんな質問までされるとは思っておらず、一瞬言葉に詰まる。

「……女ですけど。あの、私って男に見えますか?」

男に間違われた経験は一度もない。今はメイクこそしていないものの、髪の毛は長いほうだし、胸もそれなりにある。

「色んな世界があるからな。もしここに住むなら、自分の世界の狭い常識にとらわれないほうがいい」

「ここに住む? 私が?」

わけがわからない展開に、もはやついていけそうにない。とりあえず聞かれるがまま答えているけれど、はたしていいのだろうか?

不安を感じる私をよそに、シドと名乗った男性は私の個人情報を手元の紙に書き込んでいる。

……犯罪に使われたりしないよね?

「では改めて説明しよう。先程も言ったが、ここはルド＝ラドナ皇国という。皇帝陛下が治めている、ゴダール大陸随一《ずいいち》の大国だ。俺はルド＝ラドナ軍の一つである特殊部隊を率《ひき》いており、ここは城内にある俺の執務室だ」

詳しく自己紹介され、改めてシドを見る。

軍人といえば短髪のイメージだが、シドの髪は長い。黒くて艶《つや》やかで柔らかそうな髪を、うなじで一つに束ねている。きっと私の髪と同じくらいの長さがあるだろう。

少し派手な装飾のついた軍服は、彼の体躯《たいく》にピタリと沿い、そのスタイルのよさを際立たせている。座っていてもわかる長い手足、引き締まった腰、広い肩幅、厚い胸……身長は優《ゆう》に百八十五センチはあるだろう。

モデルばりのスタイルをしている上に、顔もイケメンときた……うん、やっぱり夢に違いない。こんな完璧な人がいるはずない。

それに見た目だけでなく、これだけの部屋を与えられているのだから、かなり偉い人なのだろう。

確かさっき、特殊部隊を率《ひき》いてるって言ってたけど……

私の頭の中では、全身黒ずくめの人たちが防弾ベストを着て、敵が潜伏《せんぷく》している建物内へと突入する映像が流れていた。

「お前がとれる選択肢は二つ。一つ目はここに住むというものだ。ただしその場合、我が特殊部隊に所属してもらうことになる」

「ええっ！　特殊部隊に？　っていうか私がここに住む？　どうして？」

困惑しすぎてそれ以上の言葉が見つからず、口をパクパクさせている私を見て、シドが大きなため息を吐き出した。

「いちいち質問を挟むのをやめてくれると助かるんだがな。全ての説明を聞き終えてから、理解できなかったことを質問してくれ」

「でも……、わかりました」

あとで質問に答えてくれると言うし、とりあえず最後まで聞くことにしよう。

「協力に感謝する。さて特殊部隊というのは、一言で表すなら異能者の集まりだ」

「異能者……」

頭の中で流れていた映像がガラガラと音を立てて崩れる。代わりに現れたのは、念動力《ねんどうりょく》や透視能力を持つ人たち。こうなると完全にSFの世界だ。

「なぜ信じられないといった顔をする？　お前だって異能者のはずだが」

「え？　私ですか？　いえいえいえいえ、私にそんな力はないですよ！」

勢いよく首を横に振る私に、シドは目を細める。

「嘘を吐《つ》くな。……いや、無自覚か？」

「嘘なんて吐《つ》いてませんよ！」

「だが、お前もなんらかの特殊能力を持っているはずだ。異能持ちでなければ、召喚《しょうかん》ゲートは開かないからな」

「さっきから召喚《しょうかん》、召喚《しょうかん》って、何を言ってるんですか？」

シドの正気を疑いかけたそのとき、一枚の紙が机の上に置かれた。

「これが召喚式《しょうかん》だ。見たことは？」

そこには悪魔を呼び出す儀式で使われそうな魔法陣が描かれている。

「あ……！」

まさか、あの赤い本？

「その様子だと、見覚えがあるようだな」

「これによく似たものを、ここに来る直前に見ました。赤い本の表紙に描かれてたんですけど……」

「召喚《しょうかん》ゲートの媒体《ばいたい》として使用される物体は、その世界や対象によって様々だ。もちろん書物であってもおかしくない」

あの本を開くときにわずかな抵抗を感じたのは、その召喚《しょうかん》ゲートとやらを開いたせいなのだろう。ってことは、ここはシドの言う通り異世界なの!?

「で、お前の異能に心当たりはあるか？」

「……たぶん、『夢視《ゆめみ》』だと思います」

思い当たるものはこれしかない。

それを聞いたシドは考え込むように顎《あご》に手を当てた。

「『夢視《ゆめみ》』……。五十年ほど前に、同じ能力を持つ子供が来たことがある……その者の名前もサキミといったが……お前の母親か？」

「まさか！」

私は信じられない思いで叫んだ。ありえない。

「黒髪と黒い瞳が印象的な娘だったが……」

そんな人は日本人だけでもごまんといるし、その程度の情報では何もわからない。

私の表情から考えを読み取ったのか、シドは肩を竦《すく》める。

「どうやらそちらの世界では、黒髪黒目というのは珍しくなさそうだな。他に特徴といえば……当時は十歳程度だったはずだ。家が神社だとか、これが神隠しの正体か……とか言っていたな」

神社――その言葉に、私はピクリと反応した。

「佐木見という名前で神社の娘……やっぱりお母さん？」

母だとすれば、五十年前に十歳程度という年齢にも当てはまる。だが、まだ信じられないでいた。だって、それなら私が知っている『お母さん』は誰なの？　彼女は二十二年前に亡くなるまで日本で暮らしていた。だからこそ、『夢視《ゆめみ》』の力が私に受け継がれたのだ。

混乱する私をよそに、シドは淡々と話を続ける。

「サキミは泣きもせず、静かに俺の話を聞いていた。十歳でその落ち着きぶりだ。きっと将来この冷静さは重宝《ちょうほう》するだろう――そう思った俺は、ここに残り力を貸してほしいと言ったんだが……彼女は十日後、帰還《きかん》を選んだ」

「……キカンを選んだってどういうことですか？」

「選択肢は二つあると言っただろう。一つ目がここで特殊部隊の一員として生活すること、そして二つ目は元の世界に還《かえ》ることだ」

「え、還《かえ》れるの？」

頷《うなず》くシドを見ながら、私は馬鹿みたいに口を大きく開けた。

こういうのって普通、元の世界には二度と還《かえ》れないもんでしょ⁉

いや、嬉しい誤算といえばそうなのだが、なぜか釈然《しゃくぜん》としない。

「勝手に召喚《しょうかん》したあげく軍人として働けなんて言おうものなら、反発する者が出てもおかしくないだろう？　ここには望んだ者たちだけが残っている」

「なるほど……」

むしろ反発するのが普通だし、そんな危険分子を軍部に置いておくのは危ない気がする。

「二つの世界を自由に行き来することはできない。同じ召喚《しょうかん》ゲートを使えるのは二回だけ。そのうちの一回はここに来るため、すでに使用済みだ」

「ということは、残りは一回……帰還《きかん》用ということね」

シドはゆっくりと頷《うなず》いた。

「もし帰還《きかん》を選んだらどうなるんですか？」

「ここでの記憶は消され、ここに飛んだのと同日同時刻に飛ばされる。つまり、いつもの日常に戻るだけだ」

それを聞いて心の底から安堵《あんど》した。現金なもので、身の安全が確保されると同時に、この世界への好奇心が湧いてくる。

「ゲートの使用に期限はあるんですか？　例えば、ここでひと月だけ過ごして、あちらへ戻るというのは？」

「可能だ。過去にはひと月どころか三十年こちらで過ごしたあとで、元の世界へ戻った者もいる」

三十年という言葉に驚きつつも、気になったことを確認する。

「それって、外見はどうなるんですか？」

時だけ戻って姿は戻らずなら、まさに浦島太郎《うらしまたろう》状態だろう。

「本人にすら、ここで暮らした三十年の記憶がないんだ。記憶があるのならまだしも、まばたきの間に三十も年を取ってた……なんて悲惨だろう？　だから記憶に合わせて見た目も戻される。ただし寿命は戻らんがな」

シドの言葉に私は考えを巡らせる。

こんな不思議な体験、二度とできないだろう。逃さない手はない。

それに人生を二度歩めるなんてお得な気もする。とはいえ記憶がなくなる上に寿命も減るのだから、無意味といえば無意味だが……

考えた末、私は少しの間だけここで暮らしてみることに決めた。

「あの……少しの間、ここで暮らしてみてもいいですか？」

いわば招かれざる客である私は、恐る恐る尋ねた。

「問題ない。……だが、お前のような者がここに残ることを選択するのは珍しいな」

「私のような者？」

「平和な世界で何不自由なく暮らしていた者という意味だ。違うか？」

確かに日本は世界でも有数の平和な国だ。それに母を早く亡くしたとはいえ、父や兄やクロのおかげで毎日笑って過ごしてこられた。

「そうですけど……残ることを選んだ人たちは違うんですか？」

「異能が原因で迫害されていた者や、ここよりも殺伐《さつばつ》とした世界にいた者、天涯孤独《てんがいこどく》で元の世界に未練がない者……ここに残るのはそんな者たちばかりだ」

私だって生まれた場所や時代が違えば迫害されていたかもしれない。そんな立場の人にとってこの世界は救いなのだろう。

「だが先程も話したように、こちらに留まる場合はたとえそれが一日であっても、特殊部隊員となってもらう。平和ボケしているお前には少し辛いかもしれんぞ」

私はウッと言葉に詰まる。

「あの、特殊部隊以外の選択肢はないんでしょうか？　例えばメイドとか」

体育の成績が常に『3』だった私に、軍人は無理だと思う。でもメイドなら……少しはできそうな気がする。

「経験があるのか？」

「いえ……そういうわけでは――」

「ならばダメだ。メイドのような経験が物を言う職務に未経験者を登用して、周りに迷惑をかけるわけにはいかないからな」

あっさりと却下され、私は頷《うなず》くことしかできなかった。

「心配するな。特殊部隊といっても、そう危険な仕事ではない」

「そうなんですか？」

「数百年前は魔王相手に戦ったりもしていたが、今では国の治安維持が主な仕事だ」

「魔王⁉　本当に？　冗談でなく？」

私はシドの言葉に食いついた。怪訝《けげん》な表情で頷《うなず》く彼を見て、私のテンションが急上昇する。

――勇者《ヒーロー》キタコレ‼

「やります‼　ヒー……じゃなくて、特殊部隊員になります‼」

戦隊もののピンクになるときが、ついに来た！　幼い頃からの夢が今まさに叶おうとしている！

突然やる気になった私に驚きつつも、シドは冷静に説明してくれる。

「そ、そうか……特殊部隊の一員となれば、ここにいる間は衣食住の全てが保障される。もちろん仕事の対価として給金も支払われるからな。長くなったが、伝えるべきことは伝えた。質問は？」

「いえ、ありません！　ありがとうございます！」

説明し終えたあとも、シドは私を観察するように見つめていた。

「あの……何か？」

「いや、運命とは面白いものだなと思ってな」

そう言いながら、足を組んで椅子の背もたれに寄りかかる。

「運命？」

「召喚《しょうかん》ゲートは赤い本だと言っていたな？」

私は黙って頷《うなず》いた。

「おそらくそれは、サキミが元の世界に還《かえ》るときに俺が渡したものだろう」

どこか懐かしそうな表情を浮かべるシドに、私は恐る恐る尋ねる。

「それって……もしかして、その……お母さんのこと好きだったとか？」

すると、シドは汚物を見るような目を私に向けた。

「相手は子供だぞ？　本気で言っているのか？」

「まっ、まさか！」

私は慌てて否定する。そして自分の汚《けが》れた心を深く反省した。

「サキミは還《かえ》すには惜しい人材だった。戦闘能力だけなら彼女を上回る者は大勢いたが、状況分析能力に関しては、あの歳にしてすでに並ぶ者がなかった。彼女が帰還《きかん》すると聞いた俺は、赤い本を渡した。向こうの世界が嫌になったときに開けという暗示と共にな」

十歳の子供に、そこまで執着するシドがちょっと怖い。これが恋愛感情なら、立派なヤンデレだ……いや、きっと部下集めはそれだけ大変なのだろう。

「そ、そっか……本を開かなかったということは、母は幸せだったということですね」

記憶の中の母は、いつもニコニコ幸せそうに笑っていた。

「『だった』？　今、彼女は？」

「……母は二十年以上前に、事故で亡くなりました」

「そうか……幸せだったのかもしれないが、死ぬには早すぎるな」

シドは大きなため息を吐《つ》き、とても残念そうだった。

「だが、過ぎてしまったことを悔《く》やんでも仕方ない。今はただ、サキミの魂《たましい》が安らかならんことを祈ろう」

「ありがとうございます」

私は微笑みながらお礼を言った。

それにしても、こんなところに母を知っている人がいたなんて……ん？　何か変じゃないか？

「あの……母が来たのは五十年以上前って言ってましたよね？」

どれだけシドを観察しても、しわどころか白髪《しらが》の一本もない。彼の話が本当なら七十歳は超えていそうだけど、どう見てもそんな年齢には見えなかった。せいぜい三十代だろう。

私の不躾《ぶしつけ》な視線を真正面から受け止めたあと、シドはニヤリと笑う。

「だから言っただろう、自分の世界の常識にとらわれるなと。俺は今年で百十八歳になる」

「嘘っ！」

信じられなかった。目の前のイケメンが、百十八歳？

「国民の多くはお前たちとそう変わらん寿命だが、俺は少し特殊でな。それに特殊部隊の面々も、かなり個性的なやつらが集まっている。こんなことでいちいち驚いていては先が思いやられるぞ。ま、還《かえ》りたいと言うのならきちんと送り還《かえ》してやるから安心しろ」

母との扱いの差にムッとする。母のときは還《かえ》すのが惜しくて、赤い本まで渡したくせに！

「ちょっと！　母のことは引きとめたくせに、ひどくないですか？」

私の抗議に対し、シドはせせら笑う。

「あのときとは状況が違うからな。仕方ないだろう」

「どう違うんですか？」

「そもそも俺は、お前を召喚《しょうかん》していない」

「でも、私は召喚《しょうかん》ゲートでここに……！」

「お前は俺がサキミに与えた召喚《しょうかん》ゲートを、たまたま開けてしまっただけだ。俺は、ここ数十年は召喚《しょうかん》を行《おこな》っていない。今は昔と違って命の危険にさらされる仕事が少ない上に、優秀な隊員が多く、数は十分足りているからな」

シドはため息を吐《つ》きながら続ける。

「だからお前が現れたときは、他国のスパイかと疑ったが……すぐにその疑いは晴れた」

私をチラリと見て、苦笑を漏らす彼。どうせスパイには見えないマヌケ面《づら》とでも言いたいのだろう。

「まあ理由は言わないでおく。それにアウター——異世界人特有の匂いがしたからな」

「に、匂い？」

私は臭《くさ》いのだろうか……？　ある意味マヌケ面呼ばわりされるよりもショックを受けた私は、自分の腕をクンクンと嗅《か》いでみる。だが、特に変な匂いはしない。

「……お前にはわからないだろうが、俺は鼻が利《き》くんだ」

シドは犬歯を見せてニヤリと笑う。

「だがスパイでないことはわかっても、何者かはわからなかったが……まさかサキミの娘だったとはな……性格が違いすぎて、すぐには気づかなかった」

それきり黙ってしまったシドを見て、私は恥ずかしくなって目を逸《そ》らした。母と違って落ち着きがないことは自覚している。

「ここに残るという気持ちは変わってないな？」

シドの問いかけに、私はゆっくりと頷《うなず》いた。

「ならばさっそく登録を行《おこな》うが構わないか？」

「……はい」

私の返事を聞いたシドは、引き出しから紙とガラス製のインク壺《つぼ》を取り出す。そして尖《とが》ったペン先を自分の指先に迷いなく突き立てた。

みるみるうちに傷口から赤い血が盛り上がる。シドは無表情のままその血を一滴、インク壺《つぼ》に落とした。すると壺《つぼ》の中に入っていた黒いインクが発光し始める。

数秒光ったあと、インクは何事もなかったかのように、元の黒い色に戻った。

「え……何？　今、光って……え？」

戸惑う私を無視したまま、シドはそのインクで紙に文字を書いていく。それは不思議な文字だった。英語でもなければ、もちろん日本語でもない。

「ここでの名は何にする？　おそらく誰一人として『サキミヒカリ』などと発音できないと思うぞ？」

「え？　でもシドは――」

「隊長だ。ここに残って俺の部下になる以上、シドでもサンティエールでもいいが、必ず隊長を付けろ。わかったな？」

「は、はい！　シド隊長は私の名前を普通に呼んでいますが、他の方たちは無理なんでしょうか？」

「俺は何事においても特別だと思っておけ。俺をこの世界の基準にしないほうがいい」

そう言って、シド隊長は自信に溢《あふ》れた笑みを浮かべた。

「特別……ですか？」

「詳しいことは、おいおいな」

どうやら今は教えてくれないようだ。まあ、出会ってすぐだし仕方ないか。

名前を何にするかと聞かれても、正直困る。そもそもこの人たちがどういう名前なら発音できるのかさえ知らないのだから。

「特殊部隊で働いている方たちも、皆異世界人《アウター》なんですよね？　その方たちはどういう名前にしたんですか？」

「この世界にある食物の名前にした者もいれば、元の名前をこちら風にアレンジした者、この国のポピュラーな名前を選んだ者など、様々だ」

頷《うなず》きながら、私は少し考える。

「じゃあ、この国で『光』、あるいは『輝き』って意味の言葉はありますか？」

「どちらも同じくルーシアという。なかなかいいんじゃないか」

その響きにときめいた。ルーシア……ここでの私の名前。

それに決めたと私は笑顔で頷《うなず》いた。

「姓《せい》はどうする？　特殊部隊のチーム名を姓《せい》にしている者が多いが」

「チーム名ってどんなのですか？」

「特殊部隊《ベッカーズ》だ。ベッカーを姓《せい》にするのが普通だな」

「ルーシア・ベッカー……なかなか私にお似合いだと思いませんか？　隊長」

シド隊長は、私の問いに笑みで答えた。

「決まりだな」

そう言うと、彼は再びペンを走らせる。そして書き終えたと思った瞬間、先程のインクと同様に突然紙が光り出した。

「ま、また？」

反射的に目を閉じたものの、すぐに光は止《や》む。ゆっくりと目を開けて驚いた。

「……あれ？　文字が読める!?」

シド隊長の手元にある紙。そこに書いてある内容がはっきりと認識できたのだ。

その紙には、私の新しい名前が書かれていた。

「嘘……さっきまでは、不思議な文字にしか見えなかったのに……」

「文字すら読めなくては使い物にならんからな。これで、この世界の住人との意思疎通《そつう》には困らんはずだ」

シド隊長は簡単に言っているが、とんでもないことだと思う。

「もしかして、これも隊長の力？」

「文字が読めるようになったのは俺の血の影響だが、言葉に関しては元から俺と会話が成立していただろう？」

「あ……」

言われて初めて気がついた。

「召喚《しょうかん》ゲートをくぐったときに、互いの言葉を変換する魔法をかけてある。異世界人《アウター》にとって、言葉が通じないというのは何より不安に感じるものだからな」

私は納得し、深く頷《うなず》いた。

「よし、名も決まったし、あとはルーシアの能力の確認だな。『夢視《ゆめみ》』と言っていたが、どんな力か具体的に説明してくれ」

あ、もうルーシアなんだ。……なんか変な感じ。

「ええと、予知夢のようなものです」

「どの程度の予知が可能だ？　いつ、誰に、何が、どこで起きるのかまで、具体的にわかるのか？」

いきなり突っ込んで聞かれ、グッと言葉に詰まる。

そうだよね、予知夢なんて聞けば誰でもそう思うよね……でも残念ながら、私の力はそんな大したものではない。

「いえ……漠然《ばくぜん》とした夢を視《み》るだけです。夢に知っている人が出てきたら誰だかわかりますが、知らない人が出てきても名前とかはわかりません……」

そういったことを突き止めるのは、全て父がやっていた。どうやって相手を見つけ出していたのかはわからないけれど、中には政治や経済に関わるような夢もあったので、おそらく警察などとも繋《つな》がっていたのだと思う。

「では、例えば三日後の世界を視《み》たいなどと指定はできるのか？」

私は気まずい思いで首を横に振る。……さっきから、できないと言ってばっかりだ。

「……そうか、今はまだ実戦で使えそうもないな。とりあえず訓練生としてスタートしろ」

「はい、わかりました」

自分の不甲斐《ふがい》なさに情けなくなる。

「そんなに肩を落とすな。訓練によって、能力が大幅に向上した者も多い」

「本当ですか？　私も……そうなりますか？」

「それはお前の努力次第だ。だが、そもそも短期間しかいないつもりなんだろう？　ならば、そこまで能力にこだわる必要もあるまい」

シド隊長の言葉が、『腰かけだから期待してない』なんて聞こえるのは被害妄想だろうか？

「……頑張ります」

「ひとまず今日は休め。頭の中を整理したほうがいい」

私が頷《うなず》くのを見たあと、シド隊長は扉に向かって呼びかける。

「オルソ！　来てくれ」

「失礼します」

隊長の呼びかけで部屋に入ってきたのは、優《ゆう》に二メートルはあろうという大きな熊だった。

「ひっ……」

恐怖で思わず後ずさる。けれど、隊長は熊に平然と話しかけていた。

「こいつは今日から訓練生だ。宿舎まで案内するついでに、一通りの説明をしてやってくれ」

「わかりました。さ、嬢ちゃん、行くぞ」

鋭い爪の生えた毛むくじゃらの手を差し出され、私の足からへなへなと力が抜けた。石の床の上にぺたんと座り込んでしまう。

「シド隊長、俺じゃないほうがいいのでは？」

「本人がここに残ると決めたんだ。慣れさせるためにも、お前が連れていけ」

「……わかりました」

丸太のような腕に抱えられ、シド隊長の部屋を後にする。目の前には熊の顔。こんなに至近距離で見たのは、もちろん初めてだった。

「新人教育はミカってやつが担当しているんだが……間の悪いことに今日まで任務で留守なんだ。だから今日のところは俺で我慢してくれな。俺は副隊長のオルソ。いきなり噛みついたりしないから安心してくれ」

そう言って笑った口元には、鋭い歯が並んでいる。恐怖で返事などできるはずもなく、かといって視線を逸《そ》らすこともできず……

毛むくじゃらの腕に包み込まれながら、私は異世界に来たんだとようやく実感した。

第二章　英雄の子孫

「起きなさい、可愛い仔《こ》ネコちゃん」

異世界で迎えた初めての朝。これまで言われたこともない、歯の浮くようなセリフで起こされた。

「ン……あと五分」

私は布団に包まれながら、いつもの寝汚《いぎたな》さを発揮する。

「その可愛い寝顔をずっと見ていたいけど、仕事だから起きなきゃダメよ……起きないと、無理やり起こしちゃうわよ？」

うふふ、なんて笑い声が聞こえたところで、ようやく私は飛び起きた。

そうだ……ここは日本ではなく、ルド＝ラドナという異世界の国なのだ。

「あらあ、起きちゃったの？　残念。せっかく×××《ピーッ》なことや、×××《ピーッ》なことができるチャンスだったのに」

朝とは思えない過激な言葉の連続に、私はその声の主へと怪訝《けげん》な目を向ける。

だが、そこには想像したようなエロ親父ではなく、お姉さまと呼びたくなるような絶世の美女がいて、部屋の扉にもたれかかっていた。

「あ、あの……？」

「おはよう、仔《こ》ネコちゃん」

にっこり笑う唇には、真っ赤な口紅が引かれている。ここまで赤が似合う人はそういないだろう。少し緩《ゆる》めに編んだ髪と、優しそうな笑顔。その美しさに思わず見惚《みと》れてしまう。

「私はミカ。よろしくね」

その名を聞いて、昨日オルソ副隊長が言っていた、新人教育を担当している隊員だとわかった。私は慌ててベッドから下り、深々と頭を下げる。

「佐木……じゃなかった、ルーシア・ベッカーです！　よろしくお願いします！」

「あら、礼儀正しい子は大好きよ。今日から訓練に参加してもらうから、隊服を持ってきたの。部屋に入ってもいいかしら？」

頷《うなず》いた私を見て、ミカは部屋に入ってきた。

「これが訓練生の隊服。正隊員になれば、私たちのと同じデザインに変わるわよ」

手渡された服は、ミカが着ているものよりもずっとシンプルな軍服だった。

「この世界の衣服の着方はわかる？　よかったら私が手伝――」

「ミカ！」

手伝うと言ってくれたミカを止めたのは、息を切らして部屋に飛び込んできた副隊長のオルソだった。

昨日オルソは宿舎や食堂、シャワールームなど生活に必要な場所を案内してくれ、この世界のことも一通り説明してくれた。その間ずっと一緒だったが、粗野《そや》な言動は一切なく、むしろ熊の姿をした紳士という感じだった。

もちろん一夜明けた今でもその印象は変わっていない。だからこそ、この唐突で慌ただしい登場には驚き、目を見張るばかりだった。

「……オルソ」

ミカはオルソを恨めしそうに見ている。

「ルーシアを紹介しようと思ってお前の部屋に行ってみたら、もぬけの殻《から》だ……まさかとは思ったが、走ってきて正解だった」

「そういう獣《けもの》特有の勘って嫌いだわ」

眉間《みけん》にしわを寄せて文句を言うミカと、どこか呆れたような表情を浮かべるオルソ。

「勘じゃない。これまでの経験に基《もと》づく判断だ」

「失礼ね！　どういう意味かしら」

目の前で喧嘩《けんか》を始める二人を、私はポカンとしたまま見つめる。それに気づいたオルソが、未だ文句を言っているミカを無視して私に向き直った。

「ルーシア、昨日きちんと説明をしておくべきだった。ミカは男だ。それも超がつくほど女好きのな！」

「はあ……って、男!?」

私はミカを改めて観察するが、どう見ても女性にしか見えな……いや、胸はぺったんこだし、髪で隠れてわかりにくいが肩幅も広い。……言われてみれば、確かに男に見えた。

「ちょっと！　超女好きだなんて失礼ね！　私はただ、自分好《ごの》みの可愛らしい子を見ると放ってお
けないだけよ！」

「外でならいくらでも女性を口説《くど》けばいい。だが、頼むから隊内ではやめてくれ。大体、ルーシア
が何年ぶりの新人だと思っているんだ？　これで彼女が今日にでも還《かえ》ると言い出してみろ。新人に
会うのを楽しみにしている大勢の隊員から袋叩きに遭《あ》うぞ？」

私は苦笑いを浮かべる。シド隊長からはただのお客さん扱いされているというのに、オルソはそ
れを知らないのだろうか？

「わかったわよ。私からは手を出さないわ。それならいいんでしょ？」

ため息を吐《つ》きながら、諦《あきら》めたように言うミカ。

「力も使うなよ？」

その言葉を聞いて、ミカはオルソを忌々《いまいま》しそうに睨《にら》みつけた。なんのことかわからず、私はオル
ソに聞き返す。

「力？」

「ミカは吸血鬼だ。『魅了《チャーム》』という人を虜《とりこ》にする力を持っているから気をつけろよ」

「吸血鬼!?」

ミカをまじまじと見るが、普通の人間にしか見えない。

「なあに？　ルーシアの想像と違った？」

「はい……それに太陽は平気なんですか？」

室内とはいえ、今は朝だ。カーテン越しに朝日が差し込んでいる。

「大丈夫よ。炎天下に長時間いるのは辛いけどね」

そう言ってミカが笑うと、綺麗な白い歯が見えた。吸血鬼と聞いて想像したような牙はない。

じっと見つめる私に気づき、ミカは笑みを深くする。

「牙がない、って顔ね？」

図星《ずぼし》を突かれ、私は愛想笑いを浮かべた。

「吸血鬼の牙は、普段は見えないわ。……牙を見てみたい？」

妖《あや》しく笑うミカに戸惑っていると、オルソの拳《こぶし》がミカの頭に振り下ろされた。

「さっき注意したばかりだろうが！　ルーシアもだぞ。この世界にまだ慣れていないとはいえ、くれぐれも気をつけてくれ。吸血鬼が牙を出すのは食事のときだが、こいつは血だけじゃなくて色々いただくスキモノだからな」

「は、はい」

どうやら今のは色事のお誘いだったらしい……そんな駆け引き、恋愛経験ゼロの私にはレベルが高すぎてわからない。

「ま、こいつ以外の隊員とは徐々に親しくなっていけばいいだろう。とりあえず今日は一日の流れを体験してもらうから、着替えて食堂に朝食を取りに来てくれ」

場所は覚えているかと聞かれ、私は頷《うなず》いた。そして部屋を出ようとしたオルソを見て、慌てて口を開く。

「あの、オルソ副隊長！　昨日は驚いてしまってすみませんでした……それに、ありがとうございます」

目を真ん丸にしたオルソは、器用に口角を上げて笑う。

「いや、初めて会うやつらは皆似たような反応をするから気にするな。もう慣れっこだ。むしろ一日で俺に順応したとは、なかなか見どころがあるぞ」

「ありがとうございます！」

副隊長という地位にあるオルソに認められ、私は嬉しくて思わず笑顔になる。

「よし、じゃあ俺は食堂にいるからな……って、ミカ！　お前も俺と来るんだよ！　何しれっと残ろうとしてるんだ！」

「ええ～？」

さりげなく部屋に残ろうとしたミカの襟首《えりくび》を掴《つか》み、オルソはノシノシと足音を立てて出ていった。

隊服に着替えた私は、待ち合わせ場所である食堂へ向かう。

白い石造りの宿舎を出て、赤いレンガ造りの食堂へ足を踏み入れる。すると、それまでの喧騒《けんそう》が嘘のように静かになり、皆の視線が私に集中するのがわかった。

「ルーシア、こっちだ」

軽く手を上げているオルソを見つけ、小走りで近づく。どうやらミカはいないようだ。おそらくオルソがどこかへ行かせたのだろう。

「早かったな。……どうした？」

緊張気味の私を見て、オルソは首を傾《かし》げる。

「いえ……ちょっと……」

「皆の視線が気になるか？」

私が頷《うなず》くと、オルソは豪快に笑った。

「大丈夫だ。四十年ぶりの新人が珍しいだけだよ。一週間もすりゃ、注目されなくなるさ」

オルソに励まされ、私はもう一度頷《うなず》く。

「じゃ、朝飯にしよう。なんでも食べたいものを注文したらいい」

「あ……私、お金持ってないです」

「心配ない。食堂は無料《タダ》で使える」

「えっ!!　無料《タダ》なんですか!?」

そういえば、シド隊長が衣食住は保障されるって言ってたな……

太っ腹な待遇に感動していると、オルソが思い出したように大声をあげた。

「そうだ!!　ミカのせいで忘れるところだった」

なんて言いながら、隊服の懐《ふところ》に手を突っ込んでいる。そして茶色い革袋を取り出した。

「隊長から当面の生活費を預かっていたんだ」

「生活費？」

「食堂は無料だが、街に下りて酒を飲みたいときもあるだろう。あるいは甘いものを食べたりな」

私は魅力的な言葉に頷《うなず》く。どちらも大好きだ。

「さすがに城外での飲み食いまで無料にはできないからな。そこで、これだ」

オルソは革袋をテーブルに置いた。硬貨がたくさん入っているのか、重そうな音がする。

「八百ラーナあるそうだ。ルーシアが俺並みに酒好きでない限り、次の給料日まで十分にもつだろう」

八百ラーナと聞いて、昨日オルソから説明を受けたこの世界の貨幣《かへい》価値を思い出す。

「普通の人の一ヶ月分の給与ですよね!? そんなにもらっていいんでしょうか?」

「礼なら隊長に言え。あの人は口は悪いが優しい人だ。その証拠に、ここにいる大勢の隊員が隊長のことを慕《した》っている。隊長のためなら命も差し出せるほどにな」

その優しい隊長に冷たい態度をとられた私は一体……

何はともあれ、八百ラーナは大切に使わせてもらおう。お給料が出たら、それで少しずつ返していきたい。

「さ、飯を食って訓練に行くぞ」

「はい」


元の世界とあまり変わらない食事をとったあと、オルソに連れられて訓練所へ向かった。昨日は場所の案内だけだったので、足を踏み入れるのは初めてだ。

私は少し緊張しながら大きな扉をくぐる。

「うわあ……」

思わず声が漏れた。そこでは様々な見た目の隊員——およそ四十人くらいが思い思いの訓練をしていたのだ。

中央では手のひらから炎の弾を出す人が、氷の槍《やり》を構えた人と戦っている。次々と繰り出される炎弾を器用に槍《やり》で弾《はじ》いているが、氷が溶けないのだろうか？

視線を横にずらせば、大きなヘビがとぐろを巻いている。……まさかモンスターじゃないよね？

その奥には訓練所の壁をひたすら殴って穴を空けている男の人と、それを魔法のようなものですぐさま修復している女性。うーん、いいコンビだ。

……なんて、お客さま気分で見ていた私の足元に、突然石が落ちてきた。

いや、違う。先程見ていた炎の弾だ。

目の前の地面が、シュウシュウと煙と音を立てて焼けている。

「ひっ」

私が一歩後ずさると、横に立つオルソがグワッと牙を剥《む》いて怒鳴った。

「こら、お前ら気をつけろ！　弾が一般市民に当たったらどうするんだ！　ちゃんと周囲の状況を把握しながら戦えっていつも言ってんだろうが！」

「オルソ副隊長、申し訳ありません！」

「はーい、気をつけまーす。ふくたいちょー」

戦っていた二人が敬礼した。能力と同様に、性格も真逆のようだ。

それにしても、練習でこれとは……私、大丈夫なんだろうか。

心配していると、後ろからぶっきらぼうな声がかけられた。

「あんた邪魔」

「あ……す、すみません」

私は慌てて振り返って道を譲《ゆず》る。

扉の真ん前で立ち止まっていたので、後ろから来た男性に怒られてしまった。

「おい！」

オルソの制止も聞かず、白い髪の男性はそのまま歩いていってしまう。

「すまんな。悪いやつじゃないんだが、極度の女性嫌いでな……ミカと足して割れたらちょうどいいんだが……」

そう言って、オルソは大きなため息を吐《つ》く。中間管理職であるオルソは、色々と悩みが尽きないようだ。

「ここにいるのは隊員の約三分の一だ。残りはそれぞれ個別に与えられた任務についている者と、夜勤明けで寝ている者に分かれる。ミカも今頃寝ているはずだ」

オルソの説明に、私は頷《うなず》きながら耳を傾ける。

「ルーシアはまだ訓練生だから、個別の任務を与えられることはないだろう。基本的に訓練生の仕事は少ない。観光気分でこちらに残り、すぐ還《かえ》る者も多いからな」

痛いところを突かれ、私はウッと言葉に詰まってしまう。その様子を見たオルソが、丸っこい耳をピコピコと動かした。

「なんだ、ルーシアも早々に還《かえ》るつもりなのか？」

「……未定です」

隊長には少し滞在すると告げただけで、期限は決めていない。

「久々の新人だと、皆喜んでたんだがなあ……とはいえ無理強《じ》いはできない決まりだからな」

しょぼんと肩を落としたオルソに、私は慌てて付け足す。

「と、とりあえず、正隊員を目指します！」

「そうか！　頑張れよ」

私の言葉をどのように受け止めたのかはわからないが、目を細めて嬉しそうに笑ったオルソ。熊の笑顔なんて見たことないが、不思議とオルソの表情はわかる。……きっとこれも異世界仕様なのだろう。


あれから約一ヶ月が経った。

正隊員を目指します！　なんて軽々しく言ったことを、すでに後悔し始めている。正隊員への道は、非常に険《けわ》しいものだった。

「どうした、こんなものも避《よ》けられないのか？　それで特殊部隊の一員だなんて片腹痛い」

完全に悪役のような口調と表情で、シド隊長は私をいたぶる。

といってもかなり手加減してくれていた。魔術は使わず、刃先を潰《つぶ》した剣だけを使って私の相手をしているのだ。

　魔術を得意とするシド隊長が剣を振るう姿は珍しいらしく、それ目当てに見学しに来る隊員も多い。そんなギャラリーたちの前で、私は今日も無残に叩きのめされていた。

「話にならんな、ルーシア。反撃しろとは言わんが、せめて攻撃は全て避《よ》けろ。お前は逃げることでしか身を守れんのだからな。次は来週だ。それまでにもう少し腕を磨いておけ」

　そう言うと、汗一つかいていない隊長は涼しい顔で歩いていってしまう。

　それを隊員たちは尊敬の眼差しで見送っていた。

　……私はヒーローになるためにここに残ったのであって、やられ役になるためにわざわざ残ったわけじゃない！

　でも悔しいけど隊長は強かった。手も足も出ない。おまけに口でも勝てない……

「はあ、今日もダメかあ……」

　訓練所の床の上で、大の字に寝ころんだまま呟《つぶや》いた。

　硬くて冷たい石の床は転ぶととても痛いため、訓練中は憎々しく思っている。けれど汗をかいて身体が火照《ほて》った今は、その冷たさが心地よい。

　女性としての嗜《たしな》み？　羞恥心《しゅうちしん》？　そんなもの日本に置いてきた。だって今の私には求められていないから。

　予知能力を実戦で使えるものに進化させるため、毎日訓練に明け暮れているのだ。しかも訓練生が私一人だからなのか、シド隊長が直々《じきじき》に特訓してくれている。

正直かなり辛い。見た目通りのスパルタ教官である。おかげで、私はここに来た翌日から治癒《ちゆ》能力を持つ隊員のお世話になりっぱなしだ。

「よう、ルーシア！　今日も隊長にこてんぱんにされてたな」

私を立ったまま見下ろしているのはオルソだ。彼とはこのひと月でだいぶ打ち解け、副隊長というよりは近所のオッチャン的存在になってきた。

「……言わないでくださいよ」

私は疲れた身体に鞭《むち》打ち、上半身をなんとか起こす。

「ま、ルーシアはここに来てまだひと月だ。実戦向きの能力というわけでもないし、焦らずゆっくり頑張りな」

オルソが黒い毛に覆《おお》われた手を差し出してくる。その手を遠慮なく掴《つか》んだ私を、まるでぬいぐるみでも持ち上げるかのようにヒョイと立たせてくれた。

「ありがとうございます」

「さっさと部屋に戻って、明日に備えて寝るんだな。お前はひ弱なんだから」

「オルソ副隊長と比べたら、誰だってひ弱に見えますけどね」

「ま、それもそうだ」

オルソは肩を竦《すく》めて笑ったあと、肉球のついた手をヒラヒラと振って歩いていった。

私のような弱っちいのをほっとけない性分《しょうぶん》らしく、初めて会った日から、こうして色々と気にかけてくれる。

――クマッたことがあったら、俺に言いな！

そんな親父ギャグが口癖《くちぐせ》の、皆の頼れる副隊長なのである。

「オルソ副隊長はああ言ってくれるけど、やっぱりへこむなあ」

ここで暮らし始めてひと月。私は城内にいるメイドさんたちにお願いして、この世界の女性が着るドレスを着せてもらい、ヨーロッパ風の街を何度か散歩した。

母も体験したであろうこの世界の暮らしを満喫《まんきつ》し、名ばかりとはいえヒーロー戦隊の一員として生活している。本当ならとっくに満足して日本へ還《かえ》っている頃だ。

だが何くれと世話を焼いてくれるオルソに『正隊員を目指す』と言った手前、途中で還《かえ》るとは言いづらい。それに仕事の合間を縫《ぬ》って稽古《けいこ》をつけてくれるシド隊長にも悪い。

……なんて言い訳しているが、ここに残っている最大の理由。それは――

「せめてあと一回、クロに会いたい！　触《さわ》って撫で回して抱きつきたい！」

ああ、思い出しただけでも興奮してしまう。わけのわからないことだらけで動揺していたとはいえ、どうしてあのときもっと撫で回しておかなかったのだろう。

後悔しても今更である。隊員としてここに残っている以上、上官であるシド隊長に『もう一度クロの姿になってください』なんてお願いしにくい。

複雑な心中を整理するため、少し遠回りして宿舎へ帰ることにした。騎士団の兵舎の横を通り、城の中庭を抜ける。

綺麗に整えられた庭園を歩きながら空を見上げると、大きな月が浮かんでいた。心が安らぐと共に、ほんの少し家が恋しくなる。

「お父さん、元気かなあ？　お兄ちゃんも明人も……私がいなくなって心配してるだろうなあ」

元の世界に還《かえ》れば全てがリセットされるとはいえ、今この瞬間も家族は私のことを心配し続けているはず。それを思うと心苦しかった。

「……もう還《かえ》ろうかな」

そんなふうに気持ちが揺れた。

どれくらいの間、大きな丸い月を見上げていたのかわからない。汗をかいていた身体もすっかり冷えてしまった。

部屋に戻ろう。そう思って歩き出したとき、すぐ横の茂みから子供が出てくる。

その子は私を見て、表情を強張《こわば》らせた。

……まさか、不審者だと思われてないよね？

訓練生なので正式なものではないが、一応特殊部隊の紋章の入った服も着ている。無視して去ることも可能だけど……それは大人としてどうだろう？

「こんばんは、こんな時間に一人でお散歩？」

怖がらせないように、できるだけ優しく声をかけた。

「お城の敷地内とはいえ、こんな時間に外にいたら危ないよ？　近くにお父さんかお母さんがいるのかな？　一人ならお姉さんが送っていこうか？」

茂みから出てきたということは、迷子とも考えられる。その場合は親御《おやご》さんのところへ送っていく必要があるだろう。

見たところ、まだ十歳にもなっていないであろう少年だ。ここで働いている親の仕事が終わるのを待っているうちに暇を持て余し、ここに来てしまったのかもしれない。

少年は質問に答えない。かなり警戒しているようだ。

「お姉さんはね、ここのお城で働いてるの……特殊部隊《ベッカーズ》ってわかる？　そこの隊員なの」

そう言いながら胸元についている紋章を指差すと、硬かった少年の表情がピクリと動いた。

「ルーシア・ベッカーよ、よろしくね」

「特殊部隊員ということは……異世界の方ですか？」

少年が初めて口を開いた。とても大人びた話し方だった。

子供とは思えない落ち着きっぷりだが、やはりそういったことには興味があるらしい。

「そうよ、日本って国から来たの」

「見た目は我々とあまり変わらないんですね。……どんな能力ですか？」

「夢を視《み》るの。誰かの未来の夢。あまりにも使えないから、まだ訓練生なんだけどね」

私が苦笑しながら言うと、少年は真面目な顔で頷《うなず》いた。

「なるほど、だから服が皆と違うんですね。その服は初めて見ました」

「新人は四十年ぶりらしいからね。それにしても、特殊部隊のことに詳しいのね」

私は褒《ほ》めたつもりだったが、少年は複雑な顔をする。

「……この国の者なら誰でも知っています。彼らは特別だから」

「特別？　見た目や力のこと？」

少年は首を横に振る。

「この国に、かつて魔王が存在したということを？」

「シド隊長から聞いたよ」

「じゃあ、彼の祖先が魔王を倒した英雄だということは？」

……は？

私は開いた口が塞《ふさ》がらなかった。

でも、よくよく考えればそれほど意外ではない。

このひと月の間に思い知った、シド隊長の人間離れしたチートっぷりを思い出す。

——動物に変化《へんげ》できる。狼だけかと思っていたら、他の動物にも変化《へんげ》できるらしい。

——召喚《しょうかん》ゲートを作れる。異世界から異能持ちだけを選んで召喚《しょうかん》できるのだ。

——魔法を使える。少なくとも火、水、氷、雷、土、風の六属性は身をもって確認済みだ。

——他人の言語を操《あやつ》れる。私たちが異世界にいて言葉に困らないのは、隊長のおかげだろう。

——ものすごく長生き。確か百十八歳って言ってた。しかも二、三十代並みの若さを保っている。

彼自身が英雄だと言われても不思議じゃない。シド隊長が『俺を基準にするな』と言っていたのも、今なら理解できる。

「それは知らなかったけど、今聞いてなるほどと思ったわ。それならあのチートっぷりにも納得できるわね」

私が一人頷《うなず》いていると、少年が続きを話してくれた。

「伝承によると、シドの祖先はこの国に来た初の異世界人《アウター》だそうです。魔王によって世界が滅びかけたとき、当時の皇帝が禁じられていた魔術――召喚《しょうかん》術を使い、魔王に立ち向かう能力を持つ五人の異世界人《アウター》を無理やり呼び寄せたと聞いています」

信じられない話に、私は息を呑んだ。

「召喚《しょうかん》術って禁術だったのね……」

まあ冷静に考えてみれば、人を勝手に呼び寄せる術なんて、禁じられて当然だろう。私の呟《つぶや》きを聞いた少年は、深く頷《うなず》く。

「当時の召喚《しょうかん》術には多くの魔力と生命力を必要としたそうです。そのため、一度の術で多くの魔術師が死んだとか。禁じられて当然ですね」

少年は私が思っていたのと同じことを口にした。だが禁じられた理由があまりに衝撃的なものだったので、私は唖然《あぜん》としてしまう。

「……そうね」

私が曖昧《あいまい》な返事をすると、少年は話を続けた。

「五人は『魔王に勝てば異世界に戻してもらう』ことを条件に、魔王に挑んで勝利しました。しかし……当時は召喚《しょうかん》した者を戻す術《すべ》などなかったのです」

「そんな……だましたの？」

「言い訳に聞こえるでしょうが、当時の皇帝は五人に深く感謝し、領地と城を与えました。だが彼らは英雄と呼ばれて豪華な暮らしをするよりも、慣れ親しんだ自分の世界へ……愛する者たちのもとへ還《かえ》ることを望んだのです」

そりゃそうだろう。別れも告げずに残してきた家族や友人。心残りがあって当然だ。

「彼らは長い年月をかけて、元の世界へ戻る方法を見つけ出しました。幸い彼らには力が——この世界では失われつつあった膨大《ぼうだい》な魔力があったのです。その力は現在使われているような召喚《しょうかん》ゲートの作成を可能にしました」

途中ツッコミどころは色々あったが、綺麗にまとまった話に、私はへえと頷《うなず》いた。まとまりすぎていてどこか釈然《しゃくぜん》としないものの、後世に伝えられる話というのは大抵が都合よく改変されているから仕方ないのだろう。

そこで、ふと疑問に思う。

「あれ？　でもシド隊長はその子孫なんだよね……？　なんでこの世界にいるの？」

五人の異世界人《アウター》は元の世界に還《かえ》る方法を見つけたと、少年は言っていた。まさか隊長の祖先は身ごもった奥さんを置いて一人で還《かえ》ったとか？

私の表情から何を考えているのかわかったのだろう。少年は困ったように笑って首を横に振った。

「ゲートで元の世界へ還《かえ》ったのは四人です。シド隊長の祖先は、この地で愛する者を見つけ、ここに残ることを選びました。民は敬愛の気持ちを込めて彼のことを『救国の英雄《サンティエール》』と呼ぶようになり、それは彼ら一族の姓《せい》となりました。以後サンティエール家は代々特殊部隊の長として、この国を守っているのです」

「なるほどねえ」

まるでおとぎ話のようなこの国の歴史に、私は何度も頷《うなず》いた。それと同時に少年に感心する。何も知らない相手に、これほどわかりやすく説明するには、自分もきちんと理解していなければならない。きっとたくさん勉強したのだろう。

歳に似合わぬ落ち着きっぷりといい、理性的な話し方といい、目の前の少年を見ていると甥《おい》の明人を思い出す。

「よしよし、偉いね！　この国のことしっかり勉強してるんだ！　すっごくわかりやすかったよ！」

私は少年の頭を撫でる。明人のことも、よくこうして髪の毛がぐしゃぐしゃになるまで撫でくり回したっけ。

「わっ！」

少年が驚いた顔をしたので、私は慌てて手を離す。

「あ！　ごめん、嫌だった？　……私にはあなたと同じくらいの歳の甥《おい》っ子がいてね。懐かしくてつい……」

出会ったばかりの人に触《さわ》られたら、いい気はしないだろう。失敗したなと反省していると、少年が焦ったように言う。

「違います！　その、嫌とかじゃなくて、ちょっと驚いてしまって……あんまりこうやって褒《ほ》めてもらったことがないので」

「そうなの？」

頷《うなず》いた少年を見て、私は彼の親に文句を言いたくなった。

「こんなにいい子なのにねー」

まったく……どれだけ理想の高い親なんだろう？

少年が私の手をじっと見ている。それに気がついた私は、もう一度彼の頭を優しく撫でた。すると少年は嬉しそうに目を細める。

そのとき突然、指先に痛みが走った。

「痛っ！」

反射的に手を離す。静電気か何かだろうか。

「大丈夫ですか？」

「ん？　ああ、ごめんね――」

君は大丈夫だった？　そう続けようとしたのに、できなかった。なぜなら猛烈なめまいと頭痛に襲われたからだ。

視界が揺れ、歪《ゆが》み、回る。船酔いと二日酔いが一気にきたかのようだった。

目を瞑《つぶ》ってうずくまる。頭痛をこらえてどうにか目を開けると、背の高い男性二人が少年を連れていこうとしているのが見えた。

「え……いつの間に？」

別れの挨拶《あいさつ》もできないまま連れられていく少年。こちらを振り返ったその表情は、どこか寂しげだった。

「あの！」

私は頭痛をこらえ、二人の男性に向かって叫ぶ。

だが、それと同時にまた激しいめまいに襲われた。私はただしゃがみ込んで耐えることしかできなかった。

「ル――――、――――アサ――――」

遠くで声がする。

「ルーシアさん！　大丈夫ですか？　しっかりしてください」

急にはっきりと名前を呼ばれ、私はハッと目を開けた。

「……あれ？」

連れていかれたはずの少年が、私を心配そうに見上げている。

「大丈夫ですか？　医者を呼びましょうか？」

「大丈夫……ありがとう」

私は首を横に振る。それでも、少年はまだ心配そうに見ていた。

「本当に大丈夫だから。ありがとう」

先程の激しいめまいも頭痛も、すでに消えている。ただわけがわからず、戸惑っているだけだ。

「そうですか、よかった」

安心したように、少年は大きく息を吐き出した。

「驚きましたよ。僕の頭を撫でたあと、急にボンヤリしだして……呼びかけても聞こえてないみたいでしたし……」

ボンヤリ？　頭が痛くてうずくまっていたはずなんだけど……

どこか噛み合わない話に、私は違和感を覚える。

「どれくらいの間、私が変だったかわかる？」

「十秒ちょっとでしょうか……そんなに長くはありませんでした。しかし、変な言い方ですが、突然眠ってしまったような感じでしたよ」

少年の言葉を聞いて、私はさらに戸惑った。めまいを感じてから意識がはっきりするまで、少なくとも五分程度は経っているはずなのに。

本当にわけがわからないが、少年にこれ以上心配をかけるわけにもいかない。異世界酔いみたいなものかもしれないし、シド隊長に相談してみるのが一番いいだろう。

「そっか……ごめんね。訓練で疲れてるみたいだから、そろそろ宿舎に戻るわ。あ！　安心してね、その前にあなたを送っていくから」

「いえ、僕は――」

少年が何かを言いかけたとき、少し離れたところから人の声がした。

「ヴィクトールさま」

声のしたほうを見ると、二人の男性が立っていた。藤色の髪をした優しそうな男性と、剣を持った赤毛の男性だ。

あれ？　この人たちってどこかで……

私が思い出すよりも早く、少年が口を開いた。

「兄上、リュシアン」

どうやら少年の名前はヴィクトールというらしい。そして現れた二人のうち片方が兄で、もう片方がリュシアンというのだろう。

どっちが兄かなと思って見比べるが、二人とも少年に全く似ていないのでわからなかった。

「皆が心配しています。お戻りを」

「わかりました、すみません」

素直に謝った少年——ヴィクトールを見て、私はばつの悪い思いをする。戻るのが遅くなったのは、どう考えても私と話していたせいだろう。

子供一人に責任を負わせている状況に耐えられず、おずおずと口を挟む。

「あの……」

三人の目が一斉にこちらを向く。その状況に少しビビりつつ、今しかないと一気に捲《まく》し立てた。

「すみません、たぶん遅くなったのは私のせいです。つい話し込んでしまったので——」

「いえ、彼女は悪くありません。僕が一方的に話すのを聞いていてもらっていただけですし」

ヴィクトールはそんなふうに庇《かば》ってくれた。

子供に庇《かば》われるなんて、自分が情けない。でも本当にいい子だな。

「いや、そもそも私が——」

そうして互いに庇《かば》い合っていると、藤色の髪の男性が大きなため息を吐《つ》く。

「もう結構です。……本来なら色々と問題になるところですが、ヴィクトールさまもこうおっしゃっているので、今回は大目に見ましょう」

私の目を見て言ったあと、彼はヴィクトールに視線を移した。

「その代わり、一つだけ約束していただけますか？　次からは必ずリュシアンを伴《ともな》うようにしてください。城内とはいえ、お一人になるのは感心できません」

「はい、兄上……申し訳ありません」

どうやら藤色の髪の男性がヴィクトールの兄らしい。丁寧な口調から、てっきり彼がリュシアンかと思っていた。

赤毛の男性がリュシアンで、彼はヴィクトールの護衛か何かなんだろう。それなら剣を腰に差しているのも納得できる。

兄が弟に敬語を使うのは変だけど、上品な物腰からしてヴィクトールはいいところのお坊ちゃんぽいし、お兄さんとは腹違いなのかもしれない。

「お二人で何を話していたのか知りませんが、今日はもう遅い。さ、こちらへ」

お兄さんに促《うなが》され、ヴィクトールは建物のほうへ歩き出す。

だが、その途中で私を振り返った。

「ルーシアさん、偶然とはいえ、お会いできてよかった。本当はもう少しお話をしていたかったんですが……ありがとうございました」

そう言って寂しげに微笑んだヴィクトール。その表情が、先程の白昼夢《はくちゅうむ》と重なった。

――お兄さんとリュシアンを見たときに既視感《きしかん》を覚えたのは、そのせいだったんだ！

「ちょ、ちょっと待って！　ねえ、ヴィクト――」

焦って呼び止めたら、それまで一言も口を利《き》かなかったリュシアンが、大きな声で遮《さえぎ》った。

「女！　無礼であろう！　陛下の御名《ぎょめい》を許しもなく呼ぶとは！」

「え？」

私は突然の大声に戸惑った。おろおろする私を見て、リュシアンは眉間《みけん》のしわを深くする。

「まさか、お前は自国の皇帝も知らぬのか!?　痴《し》れ者めっ！」

「リュシアン、やめてください！　僕がわざと皇帝だと名乗らなかったのです。それに彼女は異世界人《アウター》で、こちらに来てまだ日が浅い。知らなくとも無理はありません」

「ちっ、これだから異世界人《アウター》は……わかりました」

不満そうに私を睨《にら》みつけたままではあるが、リュシアンは素直に引き下がった。

「ルーシアさん、騙《だま》すような真似をしてすみませんでした。私はルド＝ラドナの皇帝、ヴィクトール・マルク・ルド＝ラドナです。こちらは私の兄で、ユーリ・オルゲルト・ルド＝ラドナ」

唖然《あぜん》とする私に、ユーリ殿下は綺麗に微笑んでくれる。

「そして彼は、侍従武官《じじゅうぶかん》のリュシアン・マクミーナです」

皇帝陛下から紹介されては無視するわけにもいかないのだろう。リュシアンは嫌々ながらも私に会釈《えしゃく》をしてくれた。

「彼女はルーシア・ベッカー。異世界人《アウター》であり、特殊部隊の一員です」

私は自分にできる限りの丁寧なお辞儀《じぎ》をしたあと、ヴィクトール陛下に謝罪する。

「こ、皇帝陛下とはつゆ知らず……ご無礼をお許しください」

ただの子供だと思ってタメ口で話していたばかりか、頭まで撫でちゃったよ……

恐る恐るヴィクトール陛下を見ると、寂しそうな顔をしていた。

その一方、リュシアンは満足げに私を見たあと、フンと鼻で笑う。……むかつく。

「ヴィクトール陛下、外は冷えます。早く参りましょう」

「はい。ではルーシアさん、失礼します」

その言葉に、私は慌てて頭を下げる。

次に顔を上げたときには、殿下たちに連れられていく陛下の背中が遠くに見えた。

「……やば。隊長にこのことを知られたら、強制送還の危機かも」

色んなことが一度に起こりすぎて、私の脳ミソではこんなことしか考えられないのだった。

第三章　能力、ゲットだぜ！

私の頬《ほお》を掠《かす》めそうなほど近くを通り過ぎていく光弾《こうだん》。

一秒後、後ろで大きな爆発音がした。

咄嗟《とっさ》に振り返ると、訓練所の分厚《ぶあつ》い壁に、直径三十センチほどの穴が空いている。

「シッ、シド隊長！　私を殺す気ですかっ！」

私は光弾《こうだん》を放ったシド隊長に向かって絶叫した。

「安心しろ。死なない程度に手加減している」

「死なないって……あんなのが当たっても死なないのはオルソ副隊長くらいですよ！」

分厚《ぶあつ》い壁に穴が空くのなら、私の身体は間違いなく木端微塵《こっぱみじん》だ。

「大した怪我もしない程度の脅威《きょうい》を与えたところで、お前は全力を出せるか？　どこかで手を抜くんじゃないか？」

シド隊長の厳しいツッコミに、私はウッと詰まる。

「そもそも、『新しい能力が開花したから見てほしい、もう無能だなんて言わせない』と言って正隊員昇格テストを希望したのはお前だろう。違うか？」

……そうですよ、その通りですよ！

実はヴィクトール陛下との一件以来、私はこれまで夢でしか視《み》られなかった未来を、起きているときにも視《み》られるようになった。しかも三十秒以内に起きることなら、意識すればいつでも視《み》られるのだ。……とはいえたかが三十秒、どう役立てればいいのかわからないけれど。

「その能力、実戦レベルで使えると証明してみせるんだな。自分に向かって飛んでくる光弾《こうだん》を予知して避《よ》けろ。攻撃するのは俺だけだし、こうしてお前の目の前にいる。こんな簡単なテストにすら受からないようでは、実戦で使えるはずもない」

シド隊長はそう言いながら、手のひらから光の球を出して宙に浮かべる。

「わかりました、手加減はいりません！　でもその代わりに、私のお願いを一つだけ聞いてください！」

「試験に対価を求めるのか？」

本来ならありえないことだが、この試験方法はあんまりだ。死と隣り合わせのテストなんて聞いたことがないし、対価を求めたっていいと思う。

「ダメですか？」

シド隊長は少し考えたあと、いいだろうと頷《うなず》いた。

「さあ、おしゃべりの時間は終わりだ」

彼は笑いながら私に向かって腕を振る。それと同時に光弾《こうだん》が飛んできた。

セリフといい、いたぶり方といい、勇者の子孫じゃなくて魔王の子孫なんじゃないの⁉

……なんて愚痴《ぐち》っている暇はない。私は目を瞑《つぶ》って集中する。

目の奥で真っ白な光が爆《は》ぜて、次の瞬間には右側から弧《こ》を描くように飛んでくる光弾《こうだん》が見えた。

私は目を開ける間も惜しんで、左へ大きく回避《かいひ》する。

十秒近くかかったように感じるが、実際は一秒もかかっていない。百分の一秒の世界だ。ヴィクトール陛下の前では十秒もの間放心していたらしいが、いくつもの実験と訓練を重ねて可能な限り短くした。

とにかく、今は集中しないと。少しでも当たったら死んで――

「おっとすまん。手加減は無用、だったな？」

え？　まさかこれ以上厳しくするつもりですか？

顔面からサアーッと血の気が引いていくのがわかる。

シド隊長は鬼畜《きちく》発言のあと、有言実行とばかりに、光弾《こうだん》を三つに増やした。

「さっ、三倍なんて無理、無理、無理！」

慌てて止めようとしたが、隊長は笑顔で腕を振る。三つの光弾《こうだん》が私に向かって飛んできた。

「ひぃいいっ」

避《よ》けなきゃ死ぬ。だから予知して避《よ》ける。その繰り返しだ。

今日は使いすぎなのか眼球がひどく痛い。なんという苦行だろう。

「後ろに下がって、右にダッシュ、っと！」

次々に襲いかかってくる光弾《こうだん》を、なんとかギリギリのところでかわし続ける。

どれくらい経ったのだろう……私の横で、後ろで、どっかんどっかん壁の壊れる音がしても、振り返る気力すらない。

滴《したた》り落ちる汗と、血が出そうなほど痛む目。私は立っているのがやっとのありさまで、荒い呼吸を繰り返した。

「ふむ……まあ短期間でここまで使えるようになったら十分だろう。前線向きの能力ではないが、後方支援ならばなんとか使えそうだな」

「それって……」

私は期待を込めた目でシド隊長を見つめる。

「ああ、合格だ。おめでとうルーシア。よく頑張った」

シド隊長がそう告げた瞬間、ずっと二階のギャラリーから見ていた隊員たちが、奇声をあげながら飛び降りてくる。

「イヤッホー！　よくやったぜ、ルーシア！」

「おめでとう！」

「いやあ、ヒヤヒヤしたぜ！」

そんなことを言いながら、代わる代わるハグしてくる。

私もようやくシド隊長に認められ、舞い上がっていた。戦闘後ということもあり、気分はすっかりハイだ。今なら隊員たちの陽気さについていける。

そんな私たちに苦笑しながらも、シド隊長は騒ぎを止めることはしない。

「ルーシア、正隊員用の隊服を用意しておく。今日の夜にでも執務室に取りに来い」

「はい！　ありがとうございます！」

そう言ってシド隊長を見たとき、すでにその姿はなかった。


その夜、食事と入浴を済ませた私は、ウキウキした気分で隊長の執務室に向かった。

これまではシンプルな白シャツに特殊部隊の紋章が刺繍《ししゅう》されたものを着ていたが、明日からは皆と同じ軍服を着られるのだ！

執務室の前に着くと、ドアをノックしながら声をかけた。

「シド隊長、ルーシア・ベッカーです」

「入れ」

「失礼します」

ドアを開けて中へ入る。初めてここへ来たときと何も変わっていない。少し懐かしく感じつつ、執務机に座っているシド隊長の前に立つ。

隊長も食事や入浴は済ませたのだろう。いつもの隊服ではなくラフな格好をしていた。

……男前は得だよね。シンプルなズボンとシャツなのにファッション雑誌から抜け出してきたかのように見えるんだから。

シド隊長は優雅に椅子から立ち上がると、私に真新しい隊服を差し出す。

「ルーシア・ベッカー、改めて特殊部隊《ベッカーズ》へようこそ。歓迎する」

「はい、精いっぱい任務に励みます！」

私は敬礼してから、両手で服を受け取った。そして、ぎゅっと抱きしめる。

「嬉しそうだな」

「皆が着ているのを見て、ずっと憧れてたんです！」

「そうなのか？」

隊長は不思議そうな顔をしている。

「だってこの隊服、すっごくカッコイイじゃないですか！」

私の返事に、隊長は無言でため息を吐《つ》いた。

「そりゃ不純な動機かもしれないですけど……」

「まあいい。理由はなんであれ、その一心を貫《つらぬ》き通して合格したのは事実だからな。自信を持ち、さらに励め」

「はい！　……ところで、その……」

「わかっている。お前の願いを一つ聞くという約束だったたな。言ってみろ」

私はこらえきれずに笑みを浮かべる。

ニヤけた私を見て、隊長はぶるっと身を震わせた。

「では、私からのお願いです！　もう一度クロの姿になって、思う存分モフモフさせてください!!」

……隊長が見たことないくらい嫌そうな表情をする。

「冗談だよな？」

「いいえ。ここへ来た日以来、隊長の狼姿を見ていません。もう触《さわ》りたくて触《さわ》りたくてたまらないんです……このままでは発作が出て、アルダに飛びかかってしまいそうです」

アルダというのは、特殊部隊に在籍している人狼《じんろう》だ。

人型のときは白い髪と青い目の美青年なのだが、いつも眉間《みけん》にしわを寄せた気難しい顔をしているため近寄りがたい。そう、初日に訓練場の入り口でボケッと突っ立っていた私に『邪魔』と言い残して歩き去った人物である。

少し苦手な相手だったのだが、たまに隊内で見かけてお友だちになろうと追いかけ回していた白い狼と同一人物（狼）だと知った途端、彼の印象は百八十度変わった。いや、私が勝手に脳内変換したのだ。眉間《みけん》のしわも、つれない態度も、全て恥ずかしがり屋さんゆえなのだと！

それ以来、狼姿のアルダを見つけるたびに、純白のモフモフを撫で回したい衝動に駆られている。だが野生の勘が働くのか、それとも私の舐めるような視線のせいなのか、いつもアルダにはすんでのところで逃げられていた。おかげで私のモフモフに対する欲求は高まるばかりだ。

「私が変質者扱いされないためにも、是非お願いします！」

はあはあと息も荒く叫んだら、隊長は一歩後ろに下がった。逃げるのは許さないとばかりに、私は二歩詰め寄る。

「隊長、まさか嘘吐《つ》いたんですか？」

もし事前にお願いの内容を伝えていたら、絶対に断られていただろう。

だが、隊長はそれを聞かなかった。どうせ大したことない願いだと思っていたのか、なんであろうと叶えてやれる自信があったのか……まあ、これだけチートな隊長ならそう思うのも無理はない。

せいぜい私にモフられてください。

「……わ、わかった。約束だからな」

隊長は諦《あきら》めたように天井を見上げ、大きくため息を吐《つ》いた。

私はドキドキしながら彼を凝視《ぎょうし》する。

前回と同様、隊長の身体が光に包まれ、圧倒的な光量の中に滲《にじ》んで消えた。

次の瞬間、艶《つや》めく体毛に覆《おお》われた漆黒《しっこく》の狼が姿を現す。

「クロオオオオオッ」

その叫びと共に、私はクロそっくりなシド隊長に飛びかかる。

普通の動物なら逃げるか地面に倒れ込みそうだが、シド隊長はその場から一歩も動かず彫像《ちょうぞう》のように固まっていた。

「クロ……モフモフ……うふふふ」

モフモフの黒い毛に顔を埋《うず》めると、クロのような獣臭《けものくさ》さはなく、隊長のいい香りがした。

「まあ、洗い立てだと思えば……ふふふ」

独り言を呟《つぶや》く私を嫌そうに見ながらも、約束だとばかりに男らしくじっとしている隊長。

その我慢してますって感じの表情もまた可愛い。

ずっとこの姿でいてほしいと思うのは私だけなのだろうか？

「もういいか？　満足しただろう？」

見るからに疲れた様子の隊長が聞いてくるが、私は首を横に振る。

「私の気が済むまでって約束です。せめて今夜は一緒にいてください！」

その言葉を聞いた隊長は、狼姿のまま器用に驚いてみせた。

「今夜って……お前まさか、ずっとここにいるつもりなのか？」

「もちろんです！　明日の朝までお願いします。本当なら、もっともっと一緒にいたいんですけど……仕方ありません。今夜はお仕事入ってませんよね？　なんなら別の日にしてもいいですけど」

あくまで親切心から言っている。今日クロに会えて、後日もう一度会えたら得じゃね？　なんて下心からでは決してない。

「……わかった。好きにしろ」

「ありがとうございます！　朝、私がブラッシングしてあげますね！　なんなら今からお風呂にも入れてあげましょうか？」

「それはさすがに勘弁してくれ」

隊長は諦《あきら》めたのか、尻尾を垂らしてのそのそ歩くと、ソファーにごろんと寝そべった。

その、やる気のない感じも素敵です！

私はいそいそと近づいて、同じようにソファーに寝ころび、隊長の首から胸元の辺りに顔を埋《うず》めた。

「この辺りの毛って、柔らかくてフワフワで私大好きなんです！　うふふふふ」

胸元の毛を人差し指に巻きつけ、ねじって遊ぶ。

もはや隊長は無心といった感じで、されるがままだ。

抱きついて、毛皮に顔を埋《うず》めて、肉球をプニプニして。ひとしきり遊んで満足した私は、隊長に抱きついたまま目を閉じた。

「クロ……」

やはりこの温もりと手触《てざわ》りは、クロを思い出させる。

懐かしい気持ちでいたら、ずっと無言だった隊長がおもむろに口を開いた。

「出会ったときも俺のことをクロと呼んでいたが、お前の飼い犬だったのか？」

私は隊長の胸に顔を押しつけたまま、こくりと頷《うなず》く。

「確か……八年前に死んだと言っていたな」

「よく覚えてましたね。そうです……母が亡くなる少し前に買ってもらったんです。黒い大型犬でした」

静かに耳を傾けてくれている隊長に、私はぽつりぽつりと思い出を話す。

「クロが来た日のことは、昨日のことのように思い出せます。はじめは手のひらに乗りそうなほど小さくてコロコロしてたのに、あっという間に大きくなって……」

そこで思わず笑ってしまい、一旦しゃべるのをやめた。

「私はクロにずるいと怒りました。自分だけおっきくなるなんてって……私にとってクロは弟だったのに、すぐ抜かされちゃったから。それに散歩をしても、クロに引きずられてへとへとになって……リードを持つ私をクロが引っ張って帰るなんてこともありました」

クロはいつも元気いっぱいだった。お風呂場でシャンプーしている最中に逃げ出して、家の中が泡だらけになったこともある。

「でも……いつも私の傍《そば》にいてくれて、嬉しいときも、悲しいときも、その気持ちを半分こしてきました」

クロは私にとって弟であり、兄であり、ときに保護者でもあった。

「……元々クロは自分の寝床で寝ていたんですけど、私が悪夢を見て飛び起きると励ましに来てくれました。そのたびにクロをベッドに入れていたら、いつしかそれが当たり前になり、死ぬ少し前まで毎日一緒に寝ていたんです」

クロの温もりに、私がどれだけ助けられてきたことか……こうしていると、様々な思い出がよみがえり、泣くつもりはなかったのに涙が零《こぼ》れそうになる。

「クロは、私にとって単なるペットではなくて、すごく大切な家族でした」

隊長が私の目元をペロリと舐めた。

「女が意図的に流す涙は好きじゃない……だが、お前にはそんな計算できそうもないな。元気を出せ……短い時間でよければ、またクロになってやるから」

隊長なりの気遣いに、私は泣き笑いの表情を浮かべる。

「ありがとうございます」

懐かしい温もりに包まれて、久しぶりにぐっすりと眠った。

「んっ……眩《まぶ》しっ……」

明け方、執務室に差し込んできた陽《ひ》の光で目が覚めた。眩《まぶ》しさに顔をしかめつつ布団にもぐろうとして、違和感に気づく。

あれ？　身体の自由が利《き》かない？

不思議に思って目を開けると、すぐそこに隊長の寝顔があった。

「っ！」

悲鳴をあげそうになったものの、なんとかこらえた。この状態で隊長に起きられても困る。というか気まずすぎる!!

だって目の前にいるのは、人間姿の隊長なのだ。視線を動かしてちらりと確認すると、幸い服は着ている。それでもこの密着感はやばい！

慌てて起き上がろうとしたが、なぜか隊長に抱きしめられるような形になっており、そこから抜け出すことは難しかった。

なんでこんなことになってるの!?

混乱しつつも隊長の腕を外そうとするが、ビクともしない。

隊長が目覚める前にどうにかしないと！　そう焦っていたら、すぐ耳元で艶《つや》っぽい声が聞こえた。

「どうした？　まだ起きるには少々早いだろう。モゾモゾ動かず大人しくしていろ。気が散って眠れん」

そう言うと、隊長は先程よりも強く抱きしめてくる。

男性経験のない私に、この刺激は強すぎた。ますます焦って離れようともがく。

「た、隊長！　私、早起きなんです！　いつもこの時間には起きてるんです！」

大嘘だった。いつもギリギリまでベッドから出ない。ここだけの話、自力じゃ起きられなくてミカに起こしてもらうこともざらだ。でも、そんなこと今はどうでもいい。

「だが、一晩中という約束だっただろう？」

「もう朝です！　ほら！　陽《ひ》は昇ってます！」

唯一自由に動かせる右手で、窓から差し込む光をびしっと指差す。

「……仕方ない。少し早いが起きるか。昨夜はいつもより早く寝たしな」

「そうですよ、寝すぎは身体によくないですからね！」

なんて調子のいいことを言って、ようやく解放してもらった私は、すぐさまソファーから立ち上がる。

少し遅れて起き上がった隊長は、気だるげで色気がやばい。いつも一つに束ねてある髪がほどけているため、フェロモン二割増しだ。

そんな私の心中を知ってか知らずか、隊長が顔にかかった髪を無造作にかき上げた。

私は慌てて目を逸《そ》らす。目覚めてからずっと慌ただしく動きっぱなしだった心臓は、もはや破裂寸前だ。これほど強く男性を意識したのは初めてだった。

こうしてはいられない。クロとおはようの抱擁《ほうよう》ができなかったのは残念だが、一刻も早くここを出よう！

そう思った矢先、隊長が私の腕を掴《つか》む。

「そうだ、ブラッシングしてくれると言っていたな」

にっこり笑うと、私にブラシを差し出した。

「で、でも、あれはクロの姿でいてくれると思ったから……」

掴《つか》まれた腕が、ひどく熱く感じる。

「姿を変える魔法は最長で六時間しかもたない。それを知らずに一晩付き合えと言ったのはお前だぞ？　人には約束を守れと言っておいて、自分は守らないつもりか？」

このとき、はっきりと理解した。これは隊長の仕返しなのだと……

「……やらせていただきます」

隊長を強引にクロの姿にした昨日の自分を恨みながら、ブラシを受け取った。

満足げに笑うシド隊長の顔を、なぜか直視できない。私は視線を逸《そ》らし、動揺を悟られないようぶっきらぼうに告げる。

「シド隊長、座ってもらってもいいですか？　手が届きません」

隊長は文句も言わず、近くにあった椅子を引き寄せて座った。

シド隊長が背を向けてくれたことで、ようやく私はホッとする。全力疾走したあとみたいにバクバクしていた心臓も、ほんの少しだけ落ち着きを取り戻したようだ。

シド隊長の髪に手を伸ばす。指先が小刻みに震えていることに気づき、一度グッと握り込む。指先が白くなるほど力を入れると、やがて震えが止まった。

緊張しつつも隊長の髪を触《さわ》る。男性の髪を梳《と》かすどころか、こうして触《さわ》るのも初めてだったが、そのありえない手触《てざわ》りに緊張が一瞬にして吹き飛んだ。

「……うわ、何これ」

サラサラでツヤツヤで、信じられないくらい滑《なめ》らかな髪。隊長には髪の悩みなんて一つもなさそうだ。

ブラシで丁寧に梳《と》かしてから、いつも隊長がしているように、うなじでひとまとめにする。ふわりと隊長の香りがして、昨日思い切り抱きついていたときのことを思い出し、一人顔を赤くした。

「よしっ！　できました」

隊長は普段はシンプルな青の髪紐を使っているけれど、この部屋に鏡がないのをいいことに、たまたま私が持っていた赤いリボンで結んでみた。ようやく心の平静を取り戻しつつある私の、ちょっとしたいたずらだ。

といってもすぐにバラして笑いをとるつもりだったのだが、実際に結んでみると妙に似合っていた。あれだ、美人は服を選ばないというやつだ。

悔しいので、黙ってそのままにしておく。

「ありがとう。そういえば、風呂も一緒にと言っていたな。どうする？」

「もう、いい加減に許してください……」

泣き顔を見せた私に、隊長は声をあげて笑う。

「冗談だ。とにかく、お前がクロを大切に思っていたことだけは伝わった。我慢できなくなったときはまた来い、触《さわ》らせてやる」

嬉しい言葉だったが、ここで頷《うなず》くほど単純ではない。疑いの眼差しを向けたら、隊長はニヤリとした。

「安心しろ、次からは今日のような意地悪はしないさ」

「やっぱり仕返しだったんですね！」

「やられっぱなしは性《しょう》に合わない」

当然のように言う隊長に、私はムッとして反論する。

「百年以上生きてて大人げないですよ」

「歳は関係ないだろう。それに我が一族の平均寿命を考えれば、俺もまだ若い部類だ」

その言葉に一瞬驚いたものの、これだけチートならもうなんでもアリだろうと、すぐに納得してしまう。

「隊長が何歳まで生きるのかは知りませんけど、自分を若いって言う人は、大抵お年寄りなんですよ？」

ようやく調子を取り戻した私は、からかうように言う。すると隊長は驚いた顔で私を見つめた。そして優しく笑ったあと、参ったというふうに手を上げてみせる。

そんなやり取りのあと、私は部屋に戻ろうとドアのほうへ向かう。するとこれまで気がつかなかったが、壁際にズラリと並ぶ勲章《くんしょう》が目に入った。

「すごい数の勲章《くんしょう》ですね！　全部シド隊長のですか？」

隊長は首を横に振る。

「俺のもあるが、ほとんどは初代が授与されたものだ」

確かによく見れば、新しそうなものと古そうなものが混在している。

「初代っていうのは、魔王を倒した英雄のことですか？　確かシド隊長のご先祖さまなんですよね？」

「誰に聞いたんだ？　おしゃべりなやつがいるもんだ」

隊長は意外そうに片眉を上げた。

「えっと……皇帝陛下です」

一瞬言うべきかどうか迷ったが、特に隠す必要もないだろう。

「ヴィクトールさまにお会いしたのか？」

「偶然ですけどね。あ、そういえば私の今の力って、陛下の身体に触れたときに目覚めたんですよ。たまたまだったのかなあ？」

私が付け加えると、シド隊長は考え込むように黙り込んだ。

何かまずいことを言っただろうか？

「ヴィクトールさまに触れた途端、力が目覚めたか……もしかすると、ヴィクトールさまの能力によるものかもしれないな」

「それって、どういう意味ですか？」

異能持ちは、英雄の子孫であるシド隊長と、私たち異世界人《アウター》だけのはずじゃ？

「ヴィクトールさまからは、どこまで話を聞いている？」

私が先日陛下から聞いた話を伝えると、シド隊長は納得したように頷《うなず》いた。

「やはり肝心なところが抜けているな。初代がこの世界に留まった理由――彼の愛した女性は、この国の第一皇女だったんだ」

「つまり、お姫さま……？」

なんとまあ、王道のストーリーだろう。

「当時の皇帝は二人の関係を認め、第一皇女を降嫁《こうか》させた。そして十数年後、本来なら皇位を継ぐはずだった皇太子が流行り病《はややまい》に倒れ、第一皇女の産んだ男児が皇位を継いだ」

「他に皇位継承権のある人はいなかったんですか？」

英雄に嫁いだとはいえ、皇女は皇籍《こうせき》から出た身だ。他に皇族の血を引く人がいるならば、その人が継ぐのが普通だと思う。

「いたさ。だが第一皇女の子に皇位を継がせることで、英雄の血筋を取り込むことにしたんだろう。そのほうが国民の支持を得やすい上に、英雄をこの国に縛りつけておくための楔《くさび》にもなるからな。事実、あれから数百年経っても皇帝の血統は変わっていないし、我がサンティエール家もここに根付いている」

楔《くさび》とか、国民の支持とか……大人の事情って怖い。

だがそのとき、ふと気づいた。

「ということは、シド隊長とヴィクトール陛下は親戚なんですか⁉」

あまりに年齢が離れているので、二人の関係を言い表す言葉が見つからないが、親戚なのは間違いないだろう。

「そうだ。だが今重要なのは、皇族にも『異世界人《アウター》』の血が流れているということだ」

あ！　そういうことか！　私はようやく理解した。

「もしかして私の能力が開花したのって、ヴィクトール陛下の異能のおかげ？」

「たぶんな。ヴィクトールさまはまだ幼いから、どのような能力を持っておられるのか、わからなかったんだ。力の発現を知れば、きっとお喜びになるだろう。子供の身で能力に目覚めるというのは、酷《こく》なことでもあるがな」

私自身、子供の頃に力に目覚めたので、他人事とは思えない。皇帝としての重責に加え、異能まで持つというのは、私には想像もできないくらい大変なんだろう。

「しかし『能力開花《フィトリトゥーラ》』とは、お優しいヴィクトールさまらしい力だ……ところで、どうしてお前がヴィクトールさまの身体に触れたんだ？」

私はウッと言葉に詰まる。痛いところを突かれてしまった。

「その……中庭を散歩してたら、茂みから急に飛び出してこられて……」

適当なところで語尾を濁《にご》す。

これで隊長が『ぶつかった』とか、『転びそうになったところを受け止めた』とか、そういうふうに解釈してくれたらありがたい。

そうと知らなかったとはいえ、皇帝陛下の頭を撫でたなんてとても言えなかった。

だってシド隊長の口ぶりからして、陛下と仲よさそうなんだもん。

「ヴィクトールさまが、お一人でか？」

心配そうな表情を浮かべている隊長を見ながら、私は考える。

——どこまで話そう。仲がいいなら陛下の口から隊長に真実が伝わることも十分ありえる。そうなれば隠していたことはマイナスになるだろう。だがそこまで親しくないのなら、隠していたほうがいい。

迷いに迷ったものの、なんとか方針を決めた。

よしっ！　私が陛下に数々の無礼を働いたことは、秘密にしておこう。陛下はすごくいい子だったから、空気を読んで告げ口しないかもしれないし。

「お一人でしたけど、すぐにユーリ殿下とリュシアン侍従武官《じじゅうぶかん》が迎えに来られて、三人でお城に戻られました」

私の返事を聞いたシド隊長は、さらに表情を曇《くも》らせた。

「何か気になることでも？」

「この世界に来て間もないお前に、あえて聞くが……ヴィクトールさまとユーリ殿下を見て何か感じなかったか？」

隊長は私の質問に、質問で返してきた。

「……正直に言ってもいいんですか？」

隊長が頷《うなず》くのを確認してから、私は恐る恐る口にした。

「兄弟にしては、どこかよそよそしいなと思いました。まあ、それは弟であるヴィクトール陛下が皇位を継いでいるからかもしれませんが……そもそもどうして兄のユーリ殿下が即位しなかったのか……なんてことも考えました」

「誰でもそう思うだろうな。お二人は兄弟というにはかなり歳が離れているし、似てもいない。この城で働く者なら誰でも知っていることだが――」

隊長は一旦話を止め、私をじっと見つめる。

「この先を聞きたいか？　楽しい話ではなく、どちらかといえば醜聞《しゅうぶん》だ」

そんなふうに言われたら、野次馬《やじうま》みたいで聞きたいとは言いづらい。

でも別れ際の陛下の寂しそうな表情を思い出すと、聞いておくべきだと思った。もしかしたら力になれることがあるかもしれない。

「問題なければ、教えてください」

「……お二人の母親が違うことは？」

私は黙ったまま首を横に振る。

別に驚きはしなかった。そもそも全く似ていないし、歳も離れているから、そうだろうなとは思っていたのだ。

「ユーリ殿下の母親は庶民だ。先代が若く、まだ結婚もしていなかった頃、ちょくちょく城を抜け出しては酒場に行っていたらしい。そしてある日、酔った勢いで市井《しせい》の女に手を出した。彼女が身ごもったのがユーリ殿下だ」

想像とは違っていたが、これで陛下たちの年齢差の理由がわかった。

「先代の子を身ごもった彼女が、それを理由に金銭や地位を強請《ねだ》ることは一度もなかった。むしろ子供ができたことを先代に告げないまま、長い年月を過ごしたんだ」

「じゃあ、どうして明るみに出たんですか？」

「彼女が病《やまい》に伏せってしまったからだ。自分の死を悟り、息子の行く末を案じたのだろう。初めて城に殿下の存在を知らせてきた」

殿下のあの控えめな態度は、そのせいなのかな？　どちらかといえば、リュシアン侍従武官《じじゅうぶかん》のほうが高圧的だったもんね。

「当時はかなり揉めたが、見ての通り、今では殿下も皇族として城で暮らしている」

庶民からいきなり皇族か……殿下も戸惑っただろうな。

「それって、いつ頃の話なんですか？」

「二年前だ」

「え？」

思っていた以上に最近の話でびっくりした。

「きっとお妃《きさき》さま――ヴィクトール陛下のお母さまは、複雑だったでしょうね」

私が同情すると、隊長は首を横に振った。

「皇妃《こうひ》陛下はその程度のことでお心を乱すような方ではなかった。それに、そのときにはすでに亡くなられていたんだ……ヴィクトールさまをお産みになってすぐにな」

「そうだったんですか」

陛下が幼くして皇位についている理由、そして夜に一人ぼっちで歩いていた理由が、なんとなくわかった気がした。

亡き人を偲《しの》ぶには燦々《さんさん》とした太陽よりも、月明かりのほうが相応《ふさわ》しい気がする。夜の静寂と神秘的な月明かりの中でこそ、思い出に浸《ひた》れるのだ。

「そういった事情もあって、お二人の仲は決して悪くはないのだが、どこかギクシャクしている」

まあ、微妙な関係ではあるだろうな。

「陛下は……その、大丈夫なのですか？　なんと言うか……歳のわりにしっかりした方だとは思いますが、まだ、その……」

「子供、か？」

言いにくかったことをズバリと言われて、戸惑いつつも頷《うなず》いた。

「……はい」

「確かにヴィクトールさまは、まだ子供だ。だが、あの歳にしてすでに上に立つ者に相応《ふさわ》しい強さと優しさ、聡明《そうめい》さを備えている。きっと歴史に名を刻む賢君《けんくん》となるだろう。とはいえ聡明《そうめい》なだけでは渡っていけないのが貴族の世界だ。純粋さや素直さは、時として人を窮地《きゅうち》に追い込むことがある」

貴族社会か……あくまで想像だけど、欲望と嫉妬《しっと》の渦巻《うずま》いていそうな世界だ。そんなおどろおどろしい場所に、まだ幼い陛下を放り込むなんて……

私の不安げな表情を見た隊長が、不敵に笑った。

「だから俺が後見人を務めているんだ。案ずるな。周りの大人たちのいいようにはさせんさ」

なんとも力強い言葉だ。英雄の子孫で、陛下の親戚で、御年《おんとし》百十八歳の隊長が後見人だなんて……最強じゃないか！

なんてったってチートですから！　それにモフモフだし、子守だってバッチリだよね！

やっぱり隊長はヒーローだ。私は思わず尊敬の眼差しを向ける。

「隊長、さすがです！　どこまでもついていきます‼」

だが、隊長は迷惑そうに一歩身を引いた。

「……結構だ」

もう、つれないんだから！

第四章　そろそろ日本へ還《かえ》るつもりが……

ルド＝ラドナ皇国に来てから、すでに五ヶ月が経過している。

ヴィクトール陛下のおかげで、私の能力も『夢視《ゆめみ》』から『未来視《ヴィジョン》』へと変化を遂《と》げ、今では六十秒先までの未来なら完全に見通せるまでに進歩した。

六十秒ぽっち先の未来なんて役に立たないと言う人もいるだろうが……まあ、それなりに役立っていると思いたい。

それに『未来視《ヴィジョン》』を使いながらでも動けるようになったので、訓練のとき、私への攻撃はほぼ当たらなくなった。

といっても私の身体能力を超える速さや大きさの攻撃は避《よ》けられない。例えば、六十秒後に半径三十キロ圏《けん》内を壊滅させる攻撃魔法が落ちるなら回避《かいひ》は不可能だ。

ただしそれを隊長に伝えれば、その攻撃魔法を上回る防御障壁《しょうへき》を瞬時に展開してくれるだろう。

一人では無力だが、誰かの手を借りることで数倍の力を発揮できる。そのことに気づいてからは、見通せる時間と精度を上げられるように訓練している。

もちろん、ずっと自主訓練に明け暮れているわけではなく、正隊員となってからは仕事も割り振られるようになった。現在は当番制《シフト》の城内警備を任されている……まあ新米に任せられる程度の箇単な仕事だ。ミカやオルソが任されるような単独任務や、重要任務ではない。

だが、ここまで来るのが簡単だったと勘違いしてほしくない。正直死にそうだった。思い出すだけで吐きそうだ。

まあ、それはさておき、非番のときの過ごし方は大きく二つに分かれる。休養と訓練だ。休養日は交代制で三日に一度。それ以外は主に自主練とシド隊長による訓練を行《おこな》っている。

自主練は瞑想《めいそう》によって心を鍛《きた》えたり、走り込みや筋トレをしたりといったもので、特に苦痛に思ったことはない。

だがシド隊長の訓練は……。特殊部隊員が給与だけでなく衣食住まで保障されている理由が、なんとなくわかった気がした。

とにかく、そのおかげで身体もすっかり引き締まっている。これだけは日本に還《かえ》ったあとも元の状態に戻さないでほしいとお願いしたいくらいだ。まあ、無理だろうけど。だって記憶もないのに、いきなり腹筋が割れてたらビビるよね。

中近世のヨーロッパ風世界もファンタジー要素も満喫《まんきつ》したし、強烈な仲間たちとも知り合えたし、名ばかりとはいえヒーローの一員にもなれたし、私としてはそろそろ潮時かなと思っている。

というのもこれ以上ここにいたら、還《かえ》るタイミングを逃しそうで少し怖いのだ。

お父さんやお兄ちゃん、明人も心配しているに違いない。でも、ここを去ればもう二度とクロに会えなくなってしまう。……クロが本物でないと知っていてもそれが怖くて、正隊員になったあともズルズルと残ってしまっていた。

だが、いつかは去らねばならないのなら……

私は覚悟を決め、近日中に還《かえ》るつもりだとシド隊長に伝えることにした。


「シド隊長、ルーシア・ベッカーです。失礼します」

約束をしていた時間よりも少し遅れてしまった私は、声をかけると同時に執務室の中に入った。きっとシド隊長は怒っているだろうと覚悟していたのだが、定位置である執務机に姿はない。視線をさまよわせると、珍しいことに彼はソファーセットに腰かけており、その表情は穏やかだった。

ソファーと隊長の組み合わせで、隊長に抱きついたまま一晩を過ごしたあの日の記憶がよみがえった。

朝起きたときの気だるげな表情、ほどけた髪……思い出しただけで頬《ほお》が熱を帯びる。それくらい強烈な色気だったのだ。

よく考えれば、狼姿のときも中身は隊長なんだよね……それなのに抱きついたり、胸元に顔を埋《うず》めたり、顔をペロリと舐められたり……

考えれば考えるほど、恥ずかしさがこみ上げてくる。私は慌てて違うことを考えた。

「罪という罪は在《あ》らじと　祓《はら》え給《たま》い清め給《たま》うことを　天《あま》つ神　国《くに》つ神　八百萬神等《やおろずのかみたち》共に聞こし食《め》せと白《もう》す」

咄嗟《とっさ》に口から出てきたのは、慣れ親しんだ祝詞《のりと》だった。この世界に神さまがいるのかどうかはわからないが、乱れていた心が少し落ち着く。

あの日のことを思い出しただけでこうなのだ。そのため、せっかく隊長からまたクロの姿になってやると約束してもらったにもかかわらず、まだ一度もお願いしたことはない。

とはいえ、なってもらおうと思えばいつでも可能なこの状況で、クロを撫で回したい欲求がなくなるはずもなく。むしろ『待て』をされているようで欲求は溜まる一方だ。モフりたいよ、クロオオオオオ！

……という本心はひた隠しにして声をかける。

「シド隊長、ご休憩中でしたか？　それなら時間を改めますが……」

私の言葉に、隊長は少し迷うようなそぶりを見せた。その視線はこちらに背を向ける形で置いてある、一人掛けのソファーに向けられている。

もしかして、そのソファーに誰かいるのだろうか？

まさか……恋人だったりして。なんて考えたとき、胸の奥がツキンと痛んだ。

その理由を考えるよりも前に、どこかで聞いたことのある声が聞こえてくる。

「シド、構いません。ルーシアさんとは、是非もう一度会いたいと思っていたんです」

そう言ってソファーから立ち上がったのは、なんとヴィクトール陛下だった。

「陛下!?」

「お久しぶりですね、ルーシアさん。先日は話の途中で失礼しました」

「いえ……こちらこそ、お忙しいのを知らずに引きとめてしまい、申し訳ありませんでした」

私が謝ると、ヴィクトール陛下は笑って首を横に振る。

「謝罪は必要ありません。ルーシアさんのおかげで、僕の異能がわかりましたしね」

「やっぱり陛下のお力だったたんですね」

にっこりと笑いながら、ヴィクトール陛下は頷《うなず》いた。

「僕と波長の合う人物のみですが、触れるだけで潜在《せんざい》能力を引き出すことができるとわかりました」

「そうだったんですね……おめでとうございます」

笑顔のヴィクトール陛下につられて、私も微笑む。どうやら異能の発現を喜んでいるみたいだから、祝福しても大丈夫だろう。

「あっ、シド隊長とお話の途中なんですよね？　私はこれで失礼しますね」

私の用件は別に今でなくともよいので、そう伝えた。

「いえ……ちょっとおしゃべりをしに来ただけなので、むしろ僕が失礼します」

「そんな！　いいです、いいです！」

皇帝陛下に譲《ゆず》ってもらうだなんて、滅相《めっそう》もない！

そう思って首をブンブン横に振っていたら、ヴィクトール陛下が寂しそうに笑う。予想外の反応に、私はギクリとした。

「な、何か私、陛下に失礼なことを言いましたでしょうか……」

真っ青になりながら聞くと、ヴィクトール陛下は言いにくそうに答えた。

「いえ……僕と普通に接してくれるのは、シドとルーシアさんだけだったので……残念だなと思ったんです」

確かに前回、私はただの子供だと思って普通に接していた。だが、あれは皇帝陛下だなんて知らなかったからだ。そうとわかれば、あのような失礼な態度をとるわけにはいかない……

でも目の前でしょんぼりするヴィクトール陛下に、それは無理だなんて言いづらい。

困っている私を見て、ヴィクトール陛下は目をきらりと光らせ、上目遣いで近寄ってきた。

「ルーシアさん、前回のように自然体で接してくれませんか？　お願いします」

ぐっ……これを断ったら、私が人でなしのようではないか……

「わ、わかりました。でも、ユーリ殿下やリュシアン侍従武官《じじゅうぶかん》がいるときは絶対にお断りですよ。あの侍従武官《じじゅうぶかん》、ものすごくおっかなかったんですから」

「もちろんです！　それで構いません！」

元気よく頷《うなず》いたあと、ヴィクトール陛下はいたずらっぽく言う。

「リュシアンは剣の腕前は申し分ないのですが、歳のわりに頭が固いんです」

「わかります。見るからに堅物《かたぶつ》って感じですもんね」

先程よりも少し砕けた言い方をしてみたが、ヴィクトール陛下は気にした様子もなく、むしろ声をあげて笑っている。

私はホッとするが、そのとき無言でこちらを見つめるシド隊長に気がついた。

その物言いたげな視線にギクリとする。『未来視《ヴィジョン》』を使わなくとも、私に小言を言う隊長の姿が見えた。

「お前はリュシアン侍従武官《じじゅうぶかん》から叱責《しっせき》を受けるほど、ヴィクトールさまに無礼を働いたのか？」

ほら来た！　……予想的中がこんなに嬉しくないことは珍しい。

「いえ、その……」

「その様子だと、俺に隠していることがありそうだな。以前聞いたときは何も言ってなかったが、一体何をしたんだ？」

私の様子を見て確信したのか、シド隊長は強い口調で尋ねてくる。これは質問というより、尋問に近い。

「こ、個人的なことまで報告する義務はありません！　あれは勤務時間外です！」

バレるよりはマシ。その一心で私は隊長の質問を突っぱねた。

「ほお……ついこの間まで、訓練がきつくてピイピイ泣いてたやつと同一人物とは思えんな。いつからお前はそんな一丁前の口を利《き》くようになったんだ？　あ？」

ひいいいいい、怖い……。やっぱり素直に答えたほうがよかったかも……

なんて思っても今更である。

「そっ、そんな怖い顔したら、陛下が怯《おび》えちゃいますよ！」

なんとか隊長の気を逸《そ》らそうと、必死に訴える。だが予想に反し、鼻で笑われてしまった。

ヴィクトール陛下が怖がるといえば、態度が甘くなると思ってたのに……そう思って陛下を見たら、平然としていた。いや、むしろ私と隊長のやり取りを見て笑っているではないか！

シド隊長は狩りをする獣《けもの》のごとく、音もなく一歩ずつ詰め寄ってくる。対する私はといえば、無《ぶ》様《ざま》にじりじりと後ずさることしかできなかった。

背中が壁にドンとぶつかり、逃げ場を失う。その壁に両手をついて私を閉じ込めると、隊長は追いつめた獲物をいたぶる肉食獣のようにニヤリと笑った。

すると、ヴィクトール陛下が苦笑しながら止めに入る。

「シド、それくらいで勘弁してあげてください。ルーシアさんが今にも倒れそうになっています」

「……わかっています、冗談ですよ」

盛大なため息を吐き出した隊長は、私の耳元で囁《ささや》く。

「ヴィクトールさまに免じて今日は許してやるが、次はないぞ？　わかったな、ルーシア」

耳にかかる吐息を感じて、それまでとは違ったドキドキに襲われる。きっと傍《はた》から見れば、私の顔色は青や赤にコロコロと変わっていることだろう。

私がブンブンと頷《うなず》くと、隊長は口の端を意地悪く吊り上げ、ようやく離れてくれた。

「まったく、お前のせいでせっかくのお茶が冷めてしまった。淹《い》れ直すようメイドに頼んでくれ」

「よ、喜んで！」

今この部屋から脱出できるなら、トイレ掃除でも厩舎《きゅうしゃ》の掃除でもなんでも引き受けるつもりだ。

メイドさんにお茶を頼むために部屋を出ようとした私を、ヴィクトール陛下が呼び止める。

「待ってください。僕はこのあと予定があってそんなに長居はできませんし、淹《い》れ直してもらう必要はありません」

そう言ってテーブルに置かれていたカップを手に取り、一口すすった。

「僕にはこれくらいがちょうどいいです。正直熱いのは苦手で……それにルーシアさん、知ってますか？　シドの部屋で飲むお茶は、他と違って冷めても美味《おい》しいんですよ。きっとそうなるように、いくつかの茶葉を混ぜてあるんでしょうね」

そう語る陛下の姿は、まるで兄の自慢話をしているかのようで微笑ましい。それに隊長も陛下のことを弟のように思っているのだろう。さっきまでの腹黒さが嘘みたいに、穏やかな笑みを浮かべて見つめていた。

「そうなんですか？」

わざとらしく驚いてみせたあと、私はシド隊長に向き直る。

「隊長、可愛い部下にも、たまにはご馳走《ちそう》してくださいよ」

調子に乗る私を、隊長は一瞥《いちべつ》しただけで何も言わなかった。

ひどい。この扱いの差はなんだろう……いや、当然なんだけどさ……

私がしょんぼりしていると、隊長はため息を吐《つ》きながら、ティーポットに残っていたお茶をカップに注《つ》いで手渡してくれた。

お礼を言ってからお茶を口に含むと、さっきの陛下の言葉がお世辞でないとすぐにわかった。冷めても香り高くて、とても美味《おい》しかったのだ。

「隊長、すごく美味《おい》しいです！　……今度は温かいのも飲んでみたいな、なんて」

「調子に乗るな。お前など、冷めた出がらしで十分だ」

「ひどい……」

そんな言い合いをしていると、陛下がぷっと噴き出した。

「す、すみません。こらえようと思ったんですけど」

そう言ったあと、陛下は大きな笑い声をあげる。

その姿を見て、私は少しホッとした。子供らしからぬ落ち着いた態度をとっている陛下も、こうして年相応に笑えるんだと安心したのだ。

隊長も同じ気持ちなのか、笑い転げる陛下を温かな目で見つめている。

「……ああ、すみませんでした」

ようやく笑いの収まった陛下は、目尻に滲《にじ》む涙を拭《ぬぐ》った。

「何がそんなに面白かったんですか？」

「シドとルーシアさんって、息がぴったりだなあと思って」

にこにこしながら言われて、私は思わず叫んだ。

「私と隊長が⁉」

「俺とこいつが⁉」

……叫んだのは私一人ではなかったらしい。

「ほらね、僕の言った通り、ぴったりじゃないですか」

陛下の言葉に何も言い返せない、いい大人が二人……

「シドは『救国の英雄《サンティエール》』の子孫ですし、初代に匹敵《ひってき》する強大な力を持っているので、人々は恐れ、シドに近づこうとしません。特殊部隊の隊員たちはシドを恐れることこそありませんが、その実力ゆえに崇拝《すうはい》している者も多いと聞きます」

確かに副隊長のオルソをはじめとして、皆シド隊長を崇拝《すうはい》している節《ふし》がある。超女好きで男を道端の石ころのように扱っているミカでさえ、隊長の言うことはちゃんと聞くのだ。

「でもルーシアさんは崇拝《すうはい》するでも畏怖《いふ》するでもなく、自然に接しています。僕のときもそうでしたが……それがとても嬉しいんです」

正直、隊長のことは違う意味で意識しまくっているのだが、能力に関しては『チートだから』で納得している部分が多い。

隊長のすごさをいまいち理解しきれていないのかもしれないし、もしかしたら第一印象のせいもあるかもしれない。だって、私が初めて見た隊長はクロの姿をしていたのだ。

横目でシド隊長の様子を窺《うかが》うと、何やら考え込んでいるようだった。

「ルーシアさん、僕やシドのような者にとって、あなたみたいに自然体で接してくれる方は貴重で、とてもありがたい存在なんです。わがままなお願いかもしれませんが、できればそのままでいてください。お願いします」

一点の曇《くも》りもない瞳で見つめられ、私はゆっくりと頷《うなず》いた。こんなふうにお願いされたら断れるはずがない。

「ありがとうございます。では、僕はそろそろ戻ります。シド、今日は突然お邪魔してすみませんでした。その……また来てもいいですか？」

隊長は笑って頷《うなず》き、陛下の頭をくしゃりと撫でた。それはすごく自然な動作だった。

「もちろん、いつでも来てください」

口調こそ丁寧だが、二人の仲のよさが見て取れる。

それに、隊長が陛下をとても大切にしているのが伝わってきた。少なくとも、私にはこんな優しい目を向けてくれたことは一度もない。

「それにルーシアさんも……偶然とはいえ、また会えてよかったです」

「私もです、陛下」

そう答えると、陛下は少し寂しそうな表情を浮かべる。

「……できれば、あのときのように、頭を撫でてもらってもいいですか？」

その上目遣いが、私のハートにズキュンときた。

「でも……」

名前を呼んだだけでリュシアン侍従武官《じじゅうぶかん》に怒られた記憶がよみがえる。

「あ、いいんです、すみません。僕、わがままでしたね」

すぐにお願いを撤回する陛下。しょぼんと肩を落としたその姿を見て、私は心の中で自分を殴る。

さっき『自然体で接する』って約束したばかりなのに、いきなり破るなんて！　私の大馬鹿者‼

陛下の金の髪にそっと手を伸ばす。以前と変わらない柔らかな手触《てざわ》りだった。

私が頭を撫でていることに気づいた陛下はパッと顔を上げ、はにかむように笑う。

その可愛い表情に、心の中で悶《もだ》えた。

ああもう！　陛下は私を殺す気ですか⁉　隊長といい、陛下といい、この一族にはタラシのＤＮ

Aが組み込まれているのだろうか。

「でも私がこういう態度をとっていると、見ていて不快な気分になる人もいると思うんです。だから、二人っきりのときだけでもいいですか?」

「もちろんです!」

陛下は満面の笑みを浮かべた。その笑顔に、お姉さんはもうノックアウトだよ……

ただ頭を撫でるだけで、こんなにも喜んでくれるのだ。陛下はいつもどれだけ我慢しているのだろう。

陛下は両親を亡くしただけでなく、皇帝という重責まで背負っている。私も幼い頃に母を亡くしているから、その寂しさは誰よりも理解できるつもりだ。それに『夢視《ゆめみ》の巫女《みこ》』を継いだ身として、勝手ながら親近感が湧いてしまった。

いいよ、いいよ! もうここまできたら、私がお母さんになろうじゃないか!

思い余って、ぎゅっと胸に抱きしめる。

「えっ? ルーシアさん? そ、それは……ちょっと……」

動揺し、私の腕の中でジタバタしている陛下を見て、この辺りは年相応だなと安心した。

だがさすがにやりすぎだったのか、シド隊長が軽く咳払いをしたので、私は渋々《しぶしぶ》陛下を解放する。

「すみません、ちょっと調子に乗りました」

「いえ……抱きしめられたのなんて初めてだったので、少し戸惑ってしまっただけです」

私はにっこり笑い、陛下の頭をポンポンと叩く。かけるべき言葉が見つからなかったのだ。

そこでシド隊長が口を開く。

「ヴィクトールさま、お時間は大丈夫ですか？」

それを聞いた陛下はキョロキョロと辺りを見回す。そして壁に掛けられた時計を見て、目を丸くした。

「シド、この時計は合っていますよね？」

頷《うなず》いた隊長を見て、陛下はぼそりと漏らす。

「おかしいな……十七時にリュシアンが迎えに来ることになっていたんですが。お二人と話し込んでいてノックの音を聞き逃してしまったのでしょうか？」

時計に目を向けると、針は十七時を十五分ほど過ぎていた。

「いえ、ルーシアのあとは誰も来ておりません。ヴィクトールさま、このあとのご予定は？」

「十八時から同盟国の一つであるギヌラウスの王との晩餐《ばんさん》会です」

陛下の顔つきが子供らしいものから、一気に皇帝のそれへと変わる。

「ご支度の時間を考えると、さすがに迎えが少し遅すぎますね」

どうやら、このままでは次の予定に支障をきたしてしまうらしい。

「仕方ありませんね。ヴィクトールさまは私が部屋までお連れします。リュシアン侍従武官《じじゅうぶかん》のことは、部下に探させましょう。鼻の利《き》く者もいるので、すぐに見つかるはずです」

鼻の利《き》く者というのはアルダのことだろう。人狼《じんろう》である彼は、捜索系の任務を任されることが多いのだ。

「シド、すみませんが、お願いします」

隊長と陛下が退室されるなら、私だけここに残るわけにもいかない。だからアルダを探しに行くことにした。いつも私の顔を見るなり逃げ出すアルダだが、仕事だと言えば止まってくれるだろう……たぶん。

「シド隊長、私はアルダに侍従武官《じじゅうぶかん》の捜索を頼んできます」

「ああ、任せる。この時間帯なら兵舎の屋上で寝ているかもしれない。見当たらない場合は、屋上に行ってみるといい」

なるほど、そこがアルダの隠れ場所か!!

いいことを聞いたと、私はほくそ笑む。これでしばらくの間、モフりたい衝動をアルダで発散できそうだ。

「では陛下、隊長、失礼いたします」

「ルーシアさん、シドに話があったのでは？」

陛下は申し訳なさそうな表情を浮かべている。

「いえ、特に急ぐことでもないので、日を改めます」

「すみません、僕が約束なしに来てしまったせいで……」

「気にしないでください、おかげでシド隊長の美味《おい》しいお茶にありつけましたから」

笑って言えば、陛下もつられたように笑ってくれた。

「ありがとうございます。……ではシド、僕たちもそろそろ行きましょうか」

「わかりました」

二人がドアに向かって歩き出したので、私もあとに続いた。

「それにしても、連絡すらよこさないなんて、侍従武官《じじゅうぶかん》としてどうなんですかねえ？　それともよくあることなんですか？」

「いえ、リュシアンは真面目で、きっちり時間通りに動く人間です。僕が皇位についたときから侍従武官《じじゅうぶかん》を務めてくれていますが、こんなことは一度としてありませんでした……きっと急病か何かでしょう」

心配そうなヴィクトール陛下には申し訳ないが、私はあの侍従武官《じじゅうぶかん》があまり好きではない。そのため、密かに心の中で愚痴《ぐち》る。

——この前も陛下を一人で外に出しておいて、またか!!

シド隊長も不機嫌そうに口を開いた。

「ヴィクトールさまは、ご自分以外に甘すぎます。侍従武官《じじゅうぶかん》の役目はヴィクトールさまをお守りすること。仮に急病やなんらかの厄介事に巻き込まれていたとしても、自分の身すら守れないのであれば、そのような者は必要ありません」

私も同意だと頷《うなず》く。

だが、ふと嫌な感じがした。虫の知らせとでも言うべきだろうか？

気のせいだといいなと思いつつ、私はこっそり『未来視《ヴィジョン》』を使ってみることにした。

目の周りが熱くなり、視界が滲《にじ》み、白い光に包まれる。この感覚にもすでに慣れていた。最初はめまいがしていたが、あれは陛下に能力を引き出された際の副作用のようなものであったらしい。

徐々にクリアになる視界の先に、ドアを開ける隊長とその後ろに立つ陛下が視《み》えた。

隊長がドアから出て陛下に道を譲《ゆず》ったとき、前の通路から音もなく矢が飛んでくる。それも一本や二本ではない。隊長は短い舌打ちのあと、咄嗟《とっさ》に陛下を庇《かば》った。

そこで『未来視《ヴィジョン》』を強制的に切って叫ぶ。

「下がってください！　およそ五秒後、前方から複数の矢！」

一息で言い終えたとき、これまでの訓練の成果が出せたと思った。

私はシド隊長の指導のもと、視《み》たものを簡潔に伝える練習を繰り返してきた。きっと訓練をしていなければ、せいぜい危ないと叫ぶのが関の山だっただろう。

すでにシド隊長の手によって、ドアは半分以上開かれている。だが私の叫びを聞いた隊長は、すぐさまドアを閉め、陛下を抱えて部屋の奥へと移動した。

それと同時に不思議な言葉を口にする。

「＊＊＊＊＊＊＊＊＊」

何が起きるのかとドキドキしつつ待っていたが、何も起こらない。今の不思議な言葉は、呪文とかではないのだろうか？

そのとき、ドアの外からダンッダンッダンッダンッと激しい衝突音が響く。それは三秒程度の短い間だったが、これまでに感じたことのない恐怖を感じた。

音が止《や》むと、隊長は陛下を近くにあった椅子に座らせる。

「ヴィクトールさま、お怪我はありませんね？」

陛下が頷《うなず》いたのを確認して、隊長は私のほうに歩いてきた。

「ルーシア、どこまで視《み》た？」

私は首を横に振る。

「すみません。全て視《み》終える前に、強制的に切ったのでわかりません。私が視《み》たのは、複数の矢がこちらに向かって飛んでくるところまでです」

悔しい気持ちで隊長に告げた。矢が二人に刺さることは防げたものの、こんなことをしでかした人物はわからずじまいだ。

だが隊長は私を褒《ほ》めてくれた。

「いや、いい判断だ」

「……ありがとうございます」

隊長に褒《ほ》められることは、めったにないので嬉しい。

だがこれが訓練ならともかく、実戦においては自分の判断が人の生死を分けることもある。それを身をもって知った今、手放しでは喜べなかった。

隊長は殺されかかったにもかかわらず、いつもと変わらぬ調子で言う。

「外の様子を調べてくる。ルーシアも怪我がないようなら俺と来い。……ヴィクトールさまはここでお待ちいただきたいのですが、お一人で平気ですか？　もし不安なら、ルーシアをここに置いて——」

「いえ、心配には及びません。僕は大丈夫です」

陛下は真っ青になりながらも、気丈に振る舞っていた。そんな陛下を安心させるかのように、隊長は落ち着いた声で説明する。

「ヴィクトールさま。私がいいと言うまで、決してこの部屋から出ないでください。先程結界を張りましたので、十五分程度なら、仮に魔王であっても破ることはできません」

やはり、あのよくわからない言葉は呪文だったのだろう。それも、ものすごく強力な防御魔法のようだ。

「わかりました。シド、ルーシアさん、気をつけて」

陛下の言葉に頷《うなず》いたあと、私と隊長はドアに近寄る。外に人の気配がないことを確認してからドアを開くと、その外側はなんとも無残な姿になっていた。

「……針山《はりやま》みたい」

ドアに刺さった何本もの矢を見て、私はぼそりと漏らす。本当に『未来視《ヴィジョン》』を使ってよかったと思う。

「わかっていたことだが、やはり狙われたのは俺たちではないな」

状況を冷静に分析する隊長に、私は首を傾《かし》げた。

「どうしてですか？」

「見ろ」

隊長はドアに刺さった矢を指差す。

「お前なら殺したい相手に矢を射かけるとき、どこを狙う？」

そんなの考えたこともないけど、狙うなら心臓か、格好よくヘッドショットだろう。

「え……心臓か頭ですかね？」

「そうだな。だがこれを見ろ」

もう一度矢に視線を向ける。……あれ？

「位置が低いですね」

「ああ。俺が標的なら、もっと上に刺さっているはずだ」

確かにシド隊長を狙ったなら低すぎるが、私ならちょうど胴体部分だ。そう思って自分を指差すが、一蹴《いっしゅう》されてしまう。

「お前は殺される理由がないだろう。それともこの五ヶ月の間に、殺したいと思われるほどの恨みを買った覚えがあるのか？」

ありません。私は首を横に振った。

「この低さは、明らかにヴィクトールさまを狙ったものだ」

言われてみれば、陛下の頭や上半身を集中的に狙ったように見える。

隊長はそのうちの一本を無造作に掴《つか》み、力任せに抜き取った。そして矢じりを確認する。

「だが、プロの仕業《しわざ》ではなさそうだ」

「どうしてそう思うんですか？」

「もしプロなら確実に仕留めるため、矢に毒を塗っておくはずだ。万が一矢が逸《そ》れたとしても、身体の一部を掠《かす》めさえすればいいのだからな。それに、これほどの数をむやみに撃つようなやつをプロとは呼べない。うちの連中のほうがまだうまい」

確かに、このドアに刺さった矢の数を見る限り、質より量って感じが否《いな》めない。数撃ちゃ当たるって算段だろうか？

「矢の角度からして、放たれたのはあっちか」

正面通路の奥を見た隊長に、私は頷《うなず》く。

「たぶんそうだと思います。あちらから矢が飛んでくるのを視《み》ましたので」

「射手《しゃしゅ》は確認できたか？　性別、服装、髪色、なんでもいい。どうだ？」

私は黙って首を横に振る。

あのまま続けていたら視《み》えたのだろうか？　だがそうすれば、隊長への警告が遅れていた。それでも隊長ならどうにかしてくれたと思うが……絶対とは言いきれない。

「気にするな。ヴィクトールさまを危険に晒《さら》すことなく、俺自身も無傷で避《よ》けることができた。それだけで十分だ。お前はアルダを探して、リュシアン侍従武官《じじゅうぶかん》を捜索するよう伝えろ。こんなことが起こった以上、侍従武官《じじゅうぶかん》の身にも何かあったと考えるのが妥当《だとう》だろう。俺はヴィクトールさまを送ってくる」

隊長の言葉に驚いて、私は大声をあげた。

「ええっ!?　こんな状況なのに、陛下をお部屋に戻すんですか？　隊長のところにいたほうが、安全だと思うんですど……」

「……子供とはいえ、皇帝だからな。ヴィクトールさまにもやるべきことがある」

隊長のそっけない返事に、私はムッとする。

「でも、陛下は命を狙わ――」

隊長の大きな手で口を塞《ふさ》がれ、思わず舌を噛んでしまった。

「なにすふんでふかっ！」

口を塞《ふさ》がれたままなのでしゃべりにくいが、それでも文句を言っていたら、隊長の手に力が入った。

顎《あご》がっ！　頬《ほお》がっ！　痛い痛い！　そして隊長の顔、怖いっ！

「お前は馬鹿か？　そんなことを軽々しく口に出すな。お前が暮らしていた世界がどんなお花畑だったか知らんが、ここはそんなに平和じゃない。それとも口を利《き》けないようにしてやろうか？　ん？」

英雄の子孫だなんて絶対嘘！　この脅《おど》し文句といい表情といい、絶対魔王の子孫だ!!

なんて思いつつも真っ黒なオーラに怯《おび》え、私は何度も頷《うなず》いた。すみません、まだ死にたくありません……

「わかったな？　二度と言うなよ？」

「もひほんでふ！」

「よし、ならヴィクトールさまのことは俺に任せて、お前はアルダを探して伝えるんだ。『城内をくまなく捜索し、侍従武官《じじゅうぶかん》を見つけたら特殊部隊の宿舎で一時保護しろ』とな。わかったか？」

頷《うなず》いたあと、ようやく解放してもらった私は、逃げるようにその場を離れた。まだ室内にいる陛下のことが心配ではあったが、私にできることなどたかが知れている。あとは隊長に任せるしかないだろう。

リュシアン侍従武官《じじゅうぶかん》のことはあんまり心配していないが、陛下の命を狙った犯人の手がかりを掴《つか》みたい。その一心でアルダを探しに行く。

隊長の言った通り、アルダは屋上で寝そべっていた。白狼《はくろう》姿の彼は、私を見るなり跳ね起き、じりじりと後ろに下がる。あまりの嫌われように泣きたくなった。

いつもならすぐに逃げられてしまうのだが、幸い屋上の出入口は一つしかない。そしてそれは、私の背後にある。追い詰められたアルダはそわそわして落ち着かない様子だ。

私は久しぶりに見た白い毛玉にダイブしたくて、うずうずしてしまう。だが、なんとか自分にストップをかけた。

「アルダ、隊長からの伝言です」

その言葉にアルダはピクリと耳を動かし、頭を低くした状態で少しずつ近寄ってくる。

私、天敵並みに警戒されまくりじゃん！

自業自得とはいえ、悲しい現実にいよいよ涙が零《こぼ》れそうだ。

アルダは私の手の届かない距離で足を止めた。

「隊長の伝言とは？」

「『リュシアン侍従武官《じじゅうぶかん》を捜索せよ。なんらかの事件に巻き込まれている可能性があるため、城内をくまなく探すこと。発見した場合は、その身柄を特殊部隊の宿舎にて一時保護せよ』とのことです」

「わかった。これより捜索を開始する」

「お願いします」

アルダは私の横をすり抜け、屋上のドアへと向かう。

風に揺れる白い毛を触《さわ》りたくてたまらない。でも我慢しなきゃ……

私が物欲しげに見ていると、アルダは立ち止まり、こちらを振り返った。

「……どうしていつも、そんな目で俺を見る？」

「すみません、つい……私、モフモフの禁断症状なんです」

私の返答に、怪訝《けげん》な顔をするアルダ。

「禁断症状？　何か重篤《じゅうとく》な病気なのか？」

「病気というか、その……モフりたい症候群みたいなものにかかっていて、たまにモフらないと精神的な平穏を得られなくて……」

「そうか……お前も苦労しているんだな」

そうなんです。モフりたいのにモフれない……鼻先に人参をぶら下げられた馬のような気持ちなんです。

アルダはその場をウロウロと歩き回る。そして覚悟を決めたように、こちらに向き直った。

「わ、わかった……病気だと言うのなら見捨ててはおけない。この仕事が終わったら、少しの間だけその……モフモフとやらをさせてやる」

「マジでーーー!?」

大声で叫んだ私に、アルダは訝《いぶか》しげな視線を送る。

「元気そうだな?」

「うっ、苦しい……モフりたい……」

なんとも嘘くさい私の演技に、アルダは呆れたような表情を浮かべる。

「とにかく、仕事が終わるまでここで待っていろ」

「はい、正座してお待ちしております!」

私の言葉の意味がよくわからないのだろう、アルダは首をひねりながら姿を消した。

一人残された私は、複雑な思いに駆られる。

「……隊員の一人として手伝いたいけど、私の実力じゃ足手まといになるだけよね」

何もできない自分がとても歯がゆかった。


三十分後、予想よりも早くアルダが屋上に戻ってきた。

「もう終わったの?」

私が驚きの声をあげると、アルダはすまして答える。

「……難しいことではないからな」

さすが、捜索に関しては右に出る者なしと言われるアルダだ。

「リュシアン侍従武官《じじゅうぶかん》はどこにいたの？」

「地下だ。使用人通路の奥にある物置で見つけた」

「怪我は？」

もしリュシアン侍従武官《じじゅうぶかん》が無傷であれば、自《みずか》らの意思で職務を放棄《ほうき》したことになり、事件に関わっている可能性が高いのだが……

「一週間も寝ていれば治るだろう」

やっぱり彼も被害者なのか……殴られるか何かして意識を失い、物置に監禁されていたのかな？

いや待てよ。それ自体がアリバイ工作という可能性も……

「俺たちが色々と考え込む必要はない。隊長の指示を待て」

そう言われても、ただ指をくわえて見ていることなどできそうもない。

オルソやミカたちには隊長からこの件に関して指示があるかもしれないが、新米で役立たずの私には仕事は回ってこないだろう。

「アルダは、それで平気なの？　指示を待つだけじゃなく、自分なりに調べてみようかなーとか思わないわけ？」

彼が手伝ってくれたら心強い。そんな下心を隠して尋ねた。

「狼の群れでは強い者が全てを決める。絶対的な掟《おきて》だ」

迷いなど一切見せず、アルダは言い切った。

まあ狼の世界だけでなく、人間社会も似たようなものだとは思うが……

「それに、隊長はああ見えて年寄りだからな」

アルダのセリフに、私は思わず噴き出した。

「勘違いするなよ？　若い見た目に似合わず、長年この特殊部隊を率《ひき》いているベテランだと言いたかったんだ。これまで数多くの事件を解決している。その手腕や実力は、英雄と名高い初代隊長にも引けを取らない……むしろ上じゃないかと言う者もいるくらいだ」

「へえ」

私が感心していると、アルダは誇《ほこ》らしげに胸を張った。

「……アルダって隊長が好きなの？」

「好きというか、尊敬している」

「そっか」

頷《うなず》きつつ、アルダも信者……と私は脳内で密かにメモした。

その出自と美貌《びぼう》、そして何よりチートな実力ゆえに、隊長のことを尊敬してやまない隊員は多い。もちろんお城の使用人や市井《しせい》の人々からも尊敬されているが、隊員たちは尊敬というよりもはや崇《すう》拝《はい》しているのだ。

「さ、話はこれくらいにして、例の禁断症状とやらをどうにかしたほうがいいんじゃないのか？」

さっき私がモフりたい症候群だのなんだの言ったのを、アルダは素直に信じているらしい。

私の手の届く範囲にいながら、リラックスしたように伏せをするアルダを見て、私の頭は欲望でいっぱいになっていく。

「ルーシア、いっきまーす！」

念願のモフり放題・時間無制限を堪能《たんのう》すべく、私はダイブした。


「眩《まぶ》しっ……ん？」

容赦なく降り注《そそ》ぐ朝日。その眩《まぶ》しさで目が覚めた。

前にも同じことがあったような……

そんなデジャヴを感じ、慌てて身を起こすが、幸い横に隊長が寝ていることはなかった。

代わりに、白い毛皮の狼が一匹——

どうやら私はアルダを遠慮なくモフり続けた結果、そのまま寝てしまったようだ。

陛下が命を狙われるという重大事件に巻き込まれて精神的に疲れていたのと、久しぶりのモフモフタイムでリラックスしすぎたのが原因だろう。

すぐ隣でアルダが丸くなって寝ている。そして私が起き上がったときにはだけたのであろう、ブランケットが一枚落ちていた。

寝落ちした私にアルダがかけてくれたようだ。彼の優しさを感じると共に、申し訳ない気持ちになる。

目を閉じたままのアルダを見て、どうしようと考えた。このまま起こさず自分だけ部屋に帰るわけにはいかない。でも気持ちよさそうに寝ているので、起こすのも悪い気がした。

そのとき屋上に風が吹き、私は身をブルリと震わせる。

「寒っ！」

陽《ひ》の昇り始めた時間帯でもこれなのだ。アルダの体温と毛皮に包まれていなければ、風邪を引いていたに違いない。

「起きたのか？」

すぐ傍《そば》から、低くて掠《かす》れた声がした。

「アルダ……ごめん、起こしちゃった？」

「いや、とっくに起きていた。人間よりは気配に敏感だからな。だが、ルーシアがどうするつもりかわからないので寝たふりをしていた」

くあっと大きなあくびと、伸びをしているアルダ。私が上にのしかかるように寝ていたから、あまり疲れが取れていないのかもしれない。

「私がどうするつもりかわからなくてって、どういう意味？」

「もうひと眠りするのなら、俺が必要だろう。まだ早朝だし冷えるからな」

……つまり、私が二度寝するつもりなら付き合ってくれたということ？

何⁉　この可愛い生き物は‼

私は興奮しつつも、アルダを怖がらせないよう落ち着いて話す。

「ごめんね、無理やり付き合わせちゃった上に、そこまで気を使わせて……」

「いや、構わない。そもそもルーシアに付き合うと申し出たのは、俺自身だ。どうだ？　症状は改善されたか？」

その男らしい言葉に感激し、私はアルダの首にギュッと抱きつく。

「ありがとう！　完全に回復しました！」

そのまま耳やら顔やらをムニムニ触《さわ》っていると、アルダが大きなため息を吐《つ》いた。

「俺はモフるという言葉の意味を知らずに承諾《しょうだく》したが……こんなことを誰にでも頼んでいるのか？」

「まさか！　私が撫で回したいのは、基本的に犬……じゃなくて狼だけ！　それも大型で知的で毛並みの綺麗な……と言っても、今のところそれに該当するのは二匹だけだけど」

私が抱きつき撫で回したい衝動に駆られるのは、基本クロっぽい犬だけだ。隊長は瞳孔《どうこう》以外はクロそのままの見た目だし、アルダも体毛の色が違うだけで大きさといい目の色といい、よく似ていた。

「二匹？　俺の他に人狼《じんろう》はいなかったと思うが？」

アルダは首をひねっている。

「人狼《じんろう》じゃないけど、シ――」

シド隊長も変化《へんげ》できるじゃん、そう言いかけて口をつぐんだ。

そうだ。一晩経って忘れかけてたけど、アルダもシド信者の一人だった。彼が敬愛する隊長にもモフらせてもらっただなんて、絶対に言ってはいけない気がする。

「シ？」

「シ、シンジラレナイコトデスガ、フツウノ狼サンヲミツケタノデス」

動揺して超片言《かたこと》になってしまった。

自分でも、かなり強引だとわかっている。だが、それ以外の言い訳を思いつかなかったのだ。

「普通の狼？　そうか、野生種がこの辺りに生息しているのか」

嬉しそうに瞳をキラキラさせるアルダから、そっと目を逸《そ》らす。

「ウン、ソウカモネ……」

どうか本当に生息してますように……

「と、ところでさ！　身体痛くない？　ごめんね、ずっと寄りかかってたから、重たかったでしょ？」

これ以上野生の狼について突っ込まれては困ると思い、無理やり話題を変えた。

「平気だ」

私のわざとらしい態度にも、全く気づいていない様子のアルダ。……モフりたい症候群なんて適当な病名を信じたときも思ったけど、アルダって純真だよね。その真っ白な身体は、きっと彼のピュアさを表しているに違いない。

……なら隊長は中身も真っ黒ってことか。納得である。

「本当にありがとうね。おかげですごくスッキリした」

この二ヶ月の間、積もりに積もった欲求は全て発散された。とはいえ、こうして目の前にいられると、すぐにまた触《さわ》りたくなってくるんだけどね！

「そうだ、アルダ！　一緒に朝ご飯食べに行かない？」

アルダは困ったようにクウンと鳴いた。可愛いよ！　可愛すぎる！

「……食堂か」

「嫌？　それか、お弁当作ってもらって庭で食べる？」

それも魅力的だ……って、自分だけテンション上がってどうする！

「いや……では食堂で待ち合わせよう。ルーシアは先にシャワーを浴びるんだろう？」

その言葉に、クンクンと自分の腕を嗅《か》ぐ。特に匂いはしないと思うけど……

私は苦笑いを浮かべて聞いた。

「もしかして私、臭《くさ》い？」

「違う。隊員の中には美味《うま》そうな匂いのやつも、妙な匂いのやつもいるが、ルーシアはいつもいい匂いがする」

この世界に来てから香水や化粧品は使っていないので、おそらく石鹸《せっけん》の匂いだと思う。ここの石《せっ》鹸《けん》は自然素材からできているため、泡立ちが悪く香りも弱い。私は満足していなかったが、アルダにとっては十分いい匂いがしているらしい。きっと狼と人間の嗅覚《きゅうかく》の違いだろう。

このときほど日本人でよかったと感謝したことはない。毎日お風呂に入る習慣は、ここに来てからも頑《かたく》なに守り続けているのだ。

「お言葉に甘えて、シャワーを浴びて着替えてくるから、三十分後に食堂でいい？」

「わかった。俺も毛づくろいしてから行く」

よく見ると、ストレートなはずの白銀の毛並みが、少しうねっている。……寝癖《ねぐせ》だ！

主に私のせいだろうが、これはこれで可愛い。

私はアルダの言葉に笑ったあと、地面に落ちていたブランケットを拾う。

「これ、ありがとう！　洗濯してから返すね！」

そう言って手を振り、急いで部屋に戻った。


約束の時間より五分早く食堂に着くと、まだアルダの姿はなかった。とりあえず空いている席に座って待つ。

アルダの毛づくろいを想像したら、可愛くて自然と頬《ほお》が緩《ゆる》んだ。

「早かったな」

後ろからアルダの声がしたので、振り向いたが見当たらない。白狼《はくろう》がいるはずの場所には、靴を履《は》いた長い脚。その身体を辿《たど》るように視線を上げると、白髪《はくはつ》のイケメンが立っていた。

「ア、アルダ……!?」

「何を驚いている？」

「だって、だって……人型……」

てっきり、白狼《はくろう》姿のままで来るものと思っていたのだ。

「ここは食堂だからな」

ムスッとした表情で、アルダは私の隣に座る。といっても機嫌が悪いわけではなく、なぜか人型のときは仏頂面《ぶっちょうづら》がデフォルトなのだ。

「だからって、わざわざ人型に？」

アルダはいつも狼姿のまま食事をとっている。なぜそれを知っているかというと、私は遠巻きにでもその姿を見ていたくて、アルダを探すのが習慣になっていたからだ。

そこ！　ストーカーみたいで気持ち悪いなんて言わない！　自分でもわかってるから！

「狼のままで食事していても、誰も気にしないと思うよ？」

実際、私たちの周りは熊やらトカゲやらヘビやら、色々な動……獣人で溢《あふ》れ返っている。中にはオルソのように、姿を人間に変えられない者もいるのだ。

彼らは食事の内容も様々で、思わず目を背《そむ》けたくなるものもある。

まあ、これが特殊部隊とそれ以外の人とで食堂やらなんやらを分けている最大の理由なのだが、今更狼が一匹増えたところで誰も気にしないと思う。

「狼のときは、食事内容があれだからな」

アルダの青い目が、少し離れたところに座っているライオン姿の獣人に向く。ライオンは器用に椅子に座り、前足で肉の塊《かたまり》を押さえ、がぶりと噛みついては美味《おい》しそうに食いちぎっている。

遠目に見る分には、上手に食べてるなーと微笑ましいのだが、肉の塊《かたまり》が動物の胴体そのままの形状をしており、ちょっと生々しい。

どうやらアルダは、一緒にテーブルにつく私に配慮してくれたようだ。

「わざわざありがとう」

「いや、構わない」

そんなやり取りのあと、二人並んで料理を取りに行く。珍しいツーショットなせいか、仲間たちから次々と声をかけられた。

「おおっ！　珍しい組み合わせだな。アルダもついに降参したのか？」

「アルダ、とうとう観念したんだね」

なんて、からかわれているアルダ。

私が彼を追いかけ回していたのは、どうやら周知の事実であるようだ。穴があったら入りたいと落ち込む私に、セクシーダイナマイトなお姉さんが近寄ってくる。

「これでルーシアちゃんも一人前のハンターね。何か教えてほしいことがあったら、遠慮なく部屋に来なさい」

そう言ったのは、サキュバスのキアさんだ。男性を虜《とりこ》にするのなんて朝飯前のスーパーボディを持っており、頭にはヤギの角が二本生えている。

色仕掛けが得意でスパイ任務が多いため、宿舎にはあまりいない。だが、面倒見のいい姉御《あねご》的存在で皆からとても慕《した》われている。

そんなキアさんが何を教えてくれるのか。興味津々《しんしん》ではあるが、彼女の部屋のドアを叩く勇気はなかった。

「ルーシア……あちらに座ろう」

皆のからかいにうんざりした様子のアルダは、食堂の隅《すみ》を指差す。

「私はどこでもいいよ」

隅《すみ》に移動した私たちは二人並んで座り、ご飯を食べ始めた。

人型のアルダはフォークとナイフで器用に肉を切っている。

「アルダって、普段はあまり人型にならないよね。やっぱり嫌いなの？」

私に追いかけ回されてもほぼ狼姿を貫《つらぬ》いていたことを考えれば、人型が嫌いなのだろうと思った。

しかし、意外にもアルダは首を横に振る。

「いや、嫌いではない。二足歩行は両手が自由に使える分、何かと便利だしな。だが、この姿のときに限って、なぜか人間が……人間のメスがやたらと寄ってくるから、人型になるのは極力避けている」

私は納得して深く頷《うなず》いた。

「なるほどねえ」

人目を引く白い髪と、空のように澄んだ青い目、スラリとしたしなやかな身体。この姿に惹《ひ》かれる女性は多いだろう。

「無理もないよ、だってアルダは格好いいもん。人間の女性は嫌い？」

獣人は、人間と同種の獣《けもの》だったら、どちらをお嫁さんに選ぶんだろう？　そんな興味が湧いてくる。

しかしアルダは私の期待していた答えではなく、少しズレたことを言った。

「臭《くさ》いんだ！　あいつら、数十キロ離れていても匂うからな……毎日鼻がもげそうだ」

アルダは眉間《みけん》に深いしわを刻む。その表情が面白くて、私は笑ってしまった。

鼻の利《き》くアルダにとって、香水をつけた女性は天敵らしい。それでいつも狼姿なのか。普通の女性たちは、狼の姿のアルダが怖くて近寄らないのだろう。

……お嬢さんたち、グッジョブ!!

私は心でガッツポーズをする。

彼をモフりたい私にとっては、ありがたい話である。おかげで狼率アップの上、独り占めできるのだから!

「ルーシアの考えていることはすぐにわかる。狼のときに好き好《この》んで寄ってくるのはお前くらいだからな」

どうやらバレバレだったらしい。テヘペロ。

「それにしても、あんなにも……その、遠慮なく撫で回されたのは初めてだ」

「気持ちよかったでしょ?」

「き、気持ちっ!?」

焦ったような表情をするアルダ。それに構わず私は続ける。

「私、ずっと大型犬を飼ってたから、慣れてるんだよねー。狼とは少し違うかもしれないけど、気持ちいいポイントって大体同じでしょ?」

アルダは遠い目をして天井を見上げた。

「……ルーシア、俺は狼だが、人でもあるんだ。それを忘れないほうがいいと思う」

「そんなのわかりきってるけど?」

私は首を傾《かし》げる。現に目の前のアルダは人型なのだ。

アルダは何か言いたげに私を一瞥《いちべつ》したが、結局何も言わず、黙って食事を再開した。

「そういえば、先程は言いそびれたが、あのブランケットは俺のではない」

「へ？」

「昨日、お前が俺に抱きついたまま眠ったあとの話だ。シド隊長がやってきて、ルーシアが風邪を引かないようにとわざわざ持ってきてくれたんだ」

それを聞いた私は、飲んでいた水を噴き出した。

「っ……ごっ、ごめん！」

「いや、大丈夫か？」

私は頷《うなず》きながらも、動揺が隠し切れない。

「とにかく洗濯して返すのなら、俺ではなく隊長にな」

「……はい」

悪いことはしていないはずなのに、なんだか胸がざわついた。そんな私の気持ちなど知らず、アルダが不思議そうに聞いてくる。

「お前と隊長はどういう関係なんだ？」

「え……ただの隊長と隊員だけど？」

私の答えに、アルダは納得できない様子だ。

「これまで男女を問わず、外で寝ている隊員を何人も見たが、隊長がわざわざあのようなことをしたのは初めて見た」

その言葉に、私は少しドキンとした。

「それに、俺はなぜか睨《にら》みつけられたんだ」

「へ、へえ……」

隊長が睨《にら》みつけたのはアルダじゃなくて、アルダに迷惑かけてる私のほうなんじゃ……

引きつった笑みを浮かべる私に、アルダが更なる爆弾を投げつける。

「そういえば二ヶ月ほど前、ルーシアが隊長の匂いをつけていたこともあったな――」

「たっ、たっ、隊長の匂い!? あ、あれは違うの！ その、隊長と一緒に寝るつもりはなくて、私はクロと寝たかったの！」

私はガタリと椅子から立ち上がり、焦って言い訳をする。

まさか匂いでバレるなんて!!

思わず赤くなる私を見て、アルダはゆっくりと頷《うなず》いた。

「そうか、なるほどな。……さあ、食事を再開しましょう。そろそろ仕事の時間です」

「は、はい」

なぜか丁寧な口調になるアルダに戸惑いながらも、椅子に座り直す。そして、すっかり冷めたご飯を急いで口に運ぶのだった。

その日の夜、隊長から呼び出された私は、一人執務室を訪ねた。

「シド隊長、ルーシア・ベッカーです。失礼します」

声をかけて部屋に入ると、私服姿の隊長が出迎えてくれた。

「こんな時間に悪いな。昨日は約束していたにもかかわらず、時間をとれなくてすまなかった。俺に何か用事があったのだろう？」

そう言われて、私は言葉に詰まってしまう。

日本に還《かえ》りたい、そう伝えるはずだった。でも、その言葉を口にできなくなっている。

ヴィクトール陛下が命を狙われた。それを目《ま》の当たりにした今、『還《かえ》りたい』なんて言えるはずもない。私にできることは少ないが、乗りかかった船だ。犯人逮捕まで見届けてから還《かえ》りたい。それに……

ドアに射かけられた矢を思い出す。

あのとき私が警告しなかったら、どうなっていたのだろう。シド隊長のことだから、掠《かす》り傷一つ負わずに陛下を守ったかもしれない。だが、『未来視《ヴィジョン》』で最後まで視《み》ていない以上、そうとは言い切れなかった。

いくらシド隊長がチートだといっても、不死ではないだろう。人間である以上、弱点だってあるはずだ。隊長が死ぬかもしれない——そう思うと、急に全身が冷えるような気がした。

先日とは違った方向で覚悟を決めた私は、にっこりと笑う。

「いえ、大した用事ではなかったので、忘れちゃいました」

「……忘れた、か。お前が何を考えているのかは大体わかる」

さすがは隊長、全てお見通しのようだ。

「ヴィクトールさまを守りたい、そう思っているんだろう？」

「そうです……でもヴィクトール陛下だけでなく、私はシド隊長のことも守りたいんです」

少し迷ったが、私は本心を告げた。

「俺を？」

驚いたように目を見張ったあと、隊長は苦笑を漏らす。

「そんなことを言われたのは初めてだ」

独り言のように呟《つぶや》いてから、いつもの自信に溢《あふ》れた口調に戻る。

「俺を守ろうだなんて、百年早いと言いたいところだが……昨日はお前のおかげで未然に防げたからな。これからもよろしく頼む」

「はい」

頷《うなず》きながらも、私は驚いていた。まさか隊長に評価してもらえるとは思わなかったからだ。せいぜい鼻で笑われて終わりだと思っていた。

「だが、危険だぞ？　相手は皇帝陛下の命を狙っているんだ。この件に関わっているのが犯人にバレたら、どんな目に遭《あ》うかわからんぞ？」

「それも覚悟の上です」

「そうか……ヴィクトールさまもお喜びになるだろう。ルーシアに随分懐《なつ》いていたからな」

「そういえば、あのあと陛下は？」

どこかの王さまと晩餐《ばんさん》会だと言っていたけど、大丈夫だったのだろうか？　また狙われるようなことはなかったのだろうか？

「あれから襲撃はなく、ヴィクトールさまの様子も今のところ変わりない。とはいえ、かなり無理をなさっているんだろう。次に会ったときには元気づけて差し上げてくれ」

私はもちろんだと頷《うなず》いてみせた。

「犯人の手がかりはありましたか？」

リュシアン侍従武官《じじゅうぶかん》が見つかったということは、隊長は彼からなんらかの話を聞いているに違いない。それに、アルダが犯人に繋《つな》がる手がかりを見つけている可能性もある。

「いくつかわかったことはあるが、捕まえるにはまだまだだな」

そう言いつつ、どこか余裕のある隊長。

「もしかして、犯人わかってるんですか？」

私の問いに隊長は笑ってみせただけで、何も言わなかった。

「私もお手伝いしますから、教えてください！」

食い下がってみたが、やはり教えてはもらえない。

「考えておこう。……さあ、話はここまでだ」

退室を促《うなが》され、私は渋々《しぶしぶ》頷《うなず》いた。

「わかりました。今日のところは部屋へ戻ります。でも、私もこの件の捜査に正式に加えてください！」

少し考えたあと、隊長はゆっくりと頷《うなず》いた。

「まあいいだろう。すでに事情を知っているお前に、隠す必要はないからな。明日からしばらくの間、お前を見回りなどのシフトから外す。俺付きにしてやるから、お前なりにこの事件を調べてみたらいい」

「はい！　単独任務ですね！」

初めての任務！　それも皇帝陛下を暗殺しようとした犯人の捜索という、重大任務だ！

私は逸《はや》る気持ちを抑えて返事をした。

「単独任務か……ものは言いようだな。まあいい、定期的に進捗《しんちょく》を報告しろよ。さあ、今日はもう部屋に戻れ」

「はい！　失礼します！」

意気揚々《ようよう》と踵《きびす》を返し、ドアノブに手を掛けたとき、隊長に呼び止められた。

「ルーシア、一つ言い忘れていた。……誰彼《だれかれ》構わず抱きつくのはやめろ。しかも外で眠りこけるなど、もってのほかだ」

「っ!!」

まさかこのタイミングで言われるとは思っていなかったので、頭の中が真っ白になってしまう。

「お前が触《さわ》りたいと言うのなら、触《さわ》らせてやると言っただろう？　アルダから聞いたぞ。禁断症状だの、モフりたい病だの……」

「そ、それはですね……」

「俺のときもそうだったが、お前は警戒心がなさすぎる。俺もアルダもその気になれば、お前など簡単にねじ伏せることができるんだ。それとも抵抗らしい抵抗もできぬまま喰われたいのか？」

隊長の瞳は獰猛《どうもう》な肉食獣のように、私を捉えて離さない。

「いっ、いえ……」

「お前が喰われたいと言うのなら止めないが、そうでなければ隊の規律を乱すような真似は許さない。次からはどうしても我慢できなくなったら、俺のところに来い」

規律を乱す……私がしたことは、そんなにダメなことだったのだろうか？

「返事は？」

「……はい」

「今の話を忘れるなよ？　では部屋に戻って休め」

隊長に言われるまま、私は部屋を後にする。先程までの舞い上がった気分はどこへやら、廊下をとぼとぼと歩きながら、隊長の言葉の意味を考えるのだった。

第五章　怪しいのは、だーれだ!?

「ヴィクトール陛下、そろそろお時間です。謁見《えっけん》の間に戻りましょう」

「わかりました。ではシド、ルーシアさん、また……」

ユーリ殿下に促《うなが》されてソファーから立ち上がった陛下は、私と隊長に挨拶《あいさつ》して執務室を後にした。

その背を見送りながら、私はホッとため息を吐き出す。

というのも三十分ほど前、隊長から呼び出しを受けた私が執務室を訪れたら、なんとそこに陛下がいたのだ。

久しぶりの再会を喜んだものの、部屋の隅《すみ》にリュシアン侍従武官《じじゅうぶかん》を見つけて、陛下の頭に伸ばしかけていた手が空中で止まった。

それによく見れば、ユーリ殿下までいるではないか。

陛下のほうへ伸ばしかけた手で、自分の髪をかき上げてごまかした。陛下は苦笑を浮かべたが、わかってくれたようだ。

……私はやはり、リュシアン侍従武官《じじゅうぶかん》が苦手です。すみません。

三人がシド隊長の部屋を訪ねてくるなんて、いったい何事だろうと思ったものの、どうやら陛下が遊びに来たかっただけみたいだ。これまではお一人で来ていたが、先日の暗殺未遂のことで陛下の身を案じたユーリ殿下とリュシアン侍従武官《じじゅうぶかん》が、べったり張りついているらしい。

ユーリ殿下は優しそうな微笑みを浮かべつつ、私たちの会話に加わっていた。それに対し、リュシアンは前回の失態を挽回《ばんかい》しようとしているのか、蟻《あり》の子一匹たりとも近寄らせないといった感じで周りに目を光らせていた。

私以外の三人は人に見られることに慣れているからか、誰もリュシアンのことを気にしていない。

……まあこれで陛下の身の安全が確保されるのなら仕方ないか、と私もできる限り気にしないよう努めた。

そんなリュシアン侍従武官《じじゅうぶかん》とユーリ殿下に守られるようにして部屋から出ていった陛下。それを見送ったあと、私はシド隊長に話しかける。

「このまま犯人が諦《あきら》めてくれたらいいですけどね」

隊長は黙ったまま首を横に振った。

「無理ってことですか？」

「この程度の警戒態勢を見て諦《あきら》めるようなやつなら、ヴィクトールさまに不満があっても酒場でくだを巻くだけで、行動には移していないだろう」

「そこまで言うなら、隊長の考えている犯人像を教えてくださいよ」

前から何回もお願いしているのだが、一向に教えてくれる気配がない。

「自分で考えてみろ。それとも、その頭は飾りか？」

隊長は私の頭を小突くと、鼻で笑った。

そう言われても、こんな重大事件に直面したことなどない私には、誰も彼もが怪しく見える。お茶を持ってきてくれるメイドさんさえ、このティーカップに毒を入れたのでは!? などと疑ってしまう始末だ。

とはいえ自分から進んで捜査に加わりたいと言った手前、お手上げですとも言えず……日々陛下の身に起きることを『未来視《ヴィジョン》』で視《み》ているのだった。

「行き詰まっているようだな。では仕方ない、少しだけヒントをやろう。ヴィクトールさまを弑《しい》して得をするやつは誰だ？　あるいは難を逃れるやつは誰だ？」

まず、私たち異世界人《アウター》は除外してもいいだろう。そういった損得勘定《そんとくかんじょう》に興味がない者が多いからだ。

特殊部隊員はシド隊長の崇拝者《すうはい》の集まり——いわばシド教徒なので、もし隊長を害そうとする者がいれば、全力で暗殺しそうではあるが。

次に、その教祖さまであるシド隊長だけど……本来なら、かなり怪しい立ち位置だと思う。

彼に皇位継承権があるのかどうかはわからないが、皇族の一人であり、しかも英雄の血筋で強い力を有《ゆう》している。陛下より自分のほうが皇位に相応《ふさわ》しいと思っていてもおかしくないだろう。

なんとなく疑いの目で隊長を見つめる。

「……ルーシア、頼むから馬鹿なことを言い出すなよ」

「馬鹿なこと？」

「どうせ俺が怪しいという結論に至ったんだろう？　違うか？」

考えを言い当てられ、私は焦って否定した。

「まままままま、まさか！」

だが、これでは白状したも同然だ。

「……一つだけ言っておく。俺は容疑者の中から除外しろ」

「でも、そんなこと言うなんて、ますます怪しくないですか？」

どうせ考えはバレてしまっているのだ。こうなったら！と私は突っ込んでみることにした。

すると隊長は大きなため息を吐《つ》き、私の目を見てはっきりと言う。

「俺なら、あんな姑息《こそく》な手段を使わず、真っ向から勝負するさ。卑怯《ひきょう》な手を使われない限り、負ける気もしないしな。ま、つまらんやつが皇位についたら引きずり下ろしてやるかと思っていた時期もあるが、ヴィクトールさまはそうじゃない。あの方は歴史に名を残す賢帝《けんてい》となるだろう」

ちょっ！　今この人、さらっと恐ろしいことを言いましたよ！

誰にも聞かれていないだろうな、と思わず辺りを見回す。

「隊長、今のは問題発言ですよ！」

「問題ない。遠い昔の話で、若気《わかげ》の至りだ」

「……この間、自分のことをまだ若いって言ってたくせに」

まったく。年寄りは自分に都合のいいときだけ若くなったり、年を取ったりするんだから！

私の苦情をまるっと無視した隊長は、涼しい顔で続ける。

「ま、とりあえずヴィクトールさまの治世に問題を起こすつもりはない。だから、いい加減その笑えない冗談から離れるんだ」

「笑えなくしているのは、隊長自身だと思うんですけど……」

ぼそりと呟《つぶや》くと、隊長はまたため息を吐《つ》いた。

「俺は冗談のつもりでも、それを本気にして、くだらない話を持ってきた輩《やから》がいたんだ」

隊長の表情は忌々《いまいま》しそうに歪《ゆが》んでいる。

「それってつまり、シド隊長を皇帝に……ってことですか？」

はっきりと口にした私を、隊長はジロリと睨《にら》みつけた。そして、なんとも不敵な笑みを浮かべる。

「そんなくだらないことを言ったやつは、もうこの世にいないから、今回の容疑者からは外れるぞ。よかったな」

嫌味なのか、本音なのか……尋ねる勇気はなかった。

もうこの世にいないって、一体どういう意味？　まさか隊長が……いやいや、これ以上は考えまい。きっと寿命で亡くなったのだ。うん。

「わ、わかりました。なら隊長は除外します。もちろん自分も除外していいですよね？」

「お前みたいな単細胞に、こんな大それた企《たくら》みは無理に決まっているからな」

その言葉に、私はプゥッとふくれる。

だが、隊長は気にすることなく話を続けた。

「特殊部隊の連中も外して問題ない」

「……わかりました。じゃあ、お城の使用人たちは？」

「除外していいだろう。彼らにとってヴィクトールさまは、幼いながらも賢君《けんくん》だ。税率は落ち着き、無駄な戦《いくさ》も起こさない。そんな穏やかな統治を崩して、彼らが得るものはない」

じゃあ、残るは皇族と貴族……一番ややこしい人たちだ。

お城に出入りしている人たちの九十パーセント程度がすでに容疑者から外れたはずなのに、この絶望感はなんだろう。ちっとも絞れた感じがしない。

「皇族や貴族の方々について、私はほとんど知りません。陛下がこれまで行《おこな》った政策によって、敵に回した人とかはいないんですか？」

「当然いるさ。国民全てが満足することなどありえないからな。そんな無謀なことを目指していては国が破綻《はたん》してしまう。ヴィクトールさまは、それをよく理解されている」

お！　なら、これで犯人をだいぶ絞り込めるんじゃないだろうか？

「誰ですか⁉　陛下に敵対しているのは‼」

ついに犯人がわかったかもしれない！　そんな私の期待もむなしく、隊長は首を横に振る。

「最後まで聞くんだ。お前の悪い癖だぞ。いつもそうやって質問を挟んでくる」

そういえば、出会った当初も同じことで怒られた記憶がある。

「……すみません」

「ヴィクトールさまは特定の派閥《はばつ》にだけ肩入れしているわけではない。生まれつきバランス感覚がいいんだろうな。たまたま不利益を被《こうむ》った者から憎く思われることもあるだろうが、あくまで一時的なものだ。次の政策では、そいつらが得する側に回ることもある」

「じゃあ、今のところ特に怪しい人はいない？」

「怪しいといえば全員怪しいが、ヴィクトールさまを弑《しい》そうとするほどの動機があるとは思えんな」

それなら、あとは自分で調べるしかなさそうだ。名探偵でもチートでもない私は、地道に自分の足で探すほかない。

「犯人はおそらくあの人物だと思う——と俺の考えを教えるのは簡単だが、お前は隠し事ができなそうだからな。疑ってますと言わんばかりの態度で相手に接触されては困る。相手の尻尾を掴《つか》むには、油断させて泳がせるのが一番なんだ。だから、お前は自分の思うように捜査してみたらいい」

これはもしかして、隊長に頼りにされている？

「わかりました！　頑張ります！」

「たとえ見当違いなことをやらかしたとしても、それが案外、相手の油断を誘うこともあるからな」

……ですよねー。

くそう、こうなったら絶対に犯人を見つけ出して、隊長をぎゃふんと言わせてやるんだから！

当初とは少し目的が変わってしまったが、犯人を見つけるという点は一緒だから問題ないだろう。

その後、隊長から「事件が解決するまで、他の仕事はしなくていい」というありがたいお言葉を頂戴《ちょうだい》し、私は執務室を後にした。

どこに向かうかすら決まっていないため、とりあえず宿舎内をブラブラ歩く。私の頭は犯人探しのことでいっぱいだった。

「皇族と貴族か……私は詳しくないからなあ。かろうじて知っているのは、ユーリ殿下とリュシアン侍従武官《じじゅうぶかん》だけか」

ユーリ殿下は陛下を心配し、リュシアンに一人にしないよう注意していた。そして事件のあとは、自分もピッタリと傍《そば》についている。過保護な兄といった感じで、怪しさは感じない。

一方のリュシアンはというと……少し怪しい。

私が陛下と出会ったとき、リュシアンは傍《そば》にいなかった。それに陛下が隊長の執務室で襲われたときも、なぜかその場を離れていたのだ。

「怪我をしていたらしいけど、疑いの目を逸《そ》らすために自分でやったとも考えられるし……」

誰かに買収《ばいしゅう》されている可能性もある。『この時間帯に陛下を一人にしろ』とか、『陛下の行動スケジュールを教えろ』とか。

そんなふうに考え出すと、やっぱり怪しい。

ということで、私の中で第一容疑者はリュシアンに決定！　そうと決まれば、することは一つ。聞き込みだ！

……なんて意気揚々《ようよう》と宿舎を出たものの、私には隊員以外の知り合いがいない。誰に聞けばいいのかもわからず、あてもなく庭をさまよっていたら、どこからか賑《にぎ》やかな声が聞こえてきた。

その声に惹《ひ》かれるように歩いていくと、井戸で洗濯をしている五人のメイドさんを見つけた。

会話が弾《はず》んでいるみたいだし、あのテンションのまま何か話してくれるかも……そんな期待を込めて話しかけてみる。

「すみません、少しお時間いいですか?」

にこにこしながら話しかけると、彼女たちも笑顔で振り返った。しかし、すぐにその表情はこちらを警戒したものに変わる。

「……なんですか?」

口調も心なしか硬い。それでも私は笑顔のまま尋ねた。

「聞きたいことがあるんですけど——」

「申し訳ありませんが、私たちはただのメイドなので、あなたが聞きたいことは何も知らないと思います。ですから他の人に聞いてもらえますか?」

メイドさんの一人が私の言葉を途中で遮《さえぎ》る。口調こそ丁寧だが、その表情は迷惑だと言わんばかりだ。

「え、いや、あの」

どういうこと? 質問すらさせてもらえないなんて……

「仕事中ですので、私語は禁止されております、申し訳ありません」

そう言うと、彼女たちは洗濯を再開する。そこからは誰も一言も発さなかった。

嘘でしょ? さっき私が話しかけるまで、五人で楽しそうに話してたよね?

わけがわからないが、重苦しい空気に耐えられず、私はとぼとぼと歩き出した。

「……なんで? 初対面だよね? なんか私、彼女たちに嫌われるようなことした?」

その後、他にも数人のメイドさんを見つけて話しかけたが、ことごとく撃沈《げきちん》してしまう。

落ち込んだ私は気分転換のため、昼食をとりに行くことにした。お昼には少し早い時間帯なので、食堂に人はまばらだ。サラダとスープ、サンドイッチを選んで席に着く。

もそもそとパンをかじっていると、サキュバスのキアさんが見事なモデルウォークで近づいてきた。

「あら、念願叶って白狼《はくろう》ちゃんを落としたのに、浮かない顔ねえ？　どうしたの？」

「キアさん……」

私はキアさんに事情を説明した。一応、陛下のことや捜査のことは伏せておく。

「なるほどねえ」

私を上から下まで舐め回すように見たあと、キアさんは笑みを深めた。

「わかったわ、ルーシアちゃん。あなた、その格好のまま話しかけたんでしょ？」

「え？　なんか変ですか？」

いつもと変わらぬ隊服姿だ。少し前までは陛下と一緒にいたため、だらしなく着崩しているなんてこともない。

「メイドの女の子たちは、特殊部隊《わたしたち》に関わりたくなかっただけよ。私たちはこの国のために戦っているけれど、召喚《しょうかん》された余所者《よそ》。それに全員が異能者だし、見た目が人間離れしている者も多い。だから彼女たちは怖かったのよ」

そういえば、洗濯場にいたメイドさんたちは、私のことをじっと見ていた。あれは私というより、この服を見ていたのか……

「なら、普通の服で行けば色々聞き出せますかね？」

「どうかしら。城内を私服で歩いているなんて怪しくない？　彼女たちの警戒を解きたいのなら、仲間意識を利用することよ」

キアさんは妖艶《ようえん》な赤い唇で、にんまりと笑った。


「えっ、本当にこれで城内をうろつくんですか？」

キアさんの部屋に連れていかれた私は、手渡された服に着替えた。

「……ルーシアちゃん、女にはやらねばならぬときがあるものなのよ。それが今なの。ほら、お行きなさい。その服は差し上げるわ、私が着るよりもよく似合っているもの」

嬉しいような、嬉しくないような……なぜなら今の私の格好はメイド服だからだ。

膝丈《ひざたけ》の黒いワンピースに白いエプロンというオーソドックスなもの。それだけでもコスプレ感が半端ないというのに、完璧主義のキアさんによって、髪形までメイドらしく変えられた。長い髪を三つ編みにし、可愛らしいヘッドドレスまでつけている。

そんな私の心中を察してか、キアさんが心配そうに尋ねてきた。

「ルーシアちゃん、ヘッドドレスが気になるのかしら？」

「はい。頭の上にこんなブリッ……いえ、可愛いものが鎮座《ちんざ》していると思うと、どうにも落ち着かなくて……」

部屋から出たら取ってしまおう――その考えまで見抜かれてしまったようだ。

「でも取っちゃダメよ？　それもあってこそのメイド服なんだからね？」

キアさんはにっこりと微笑みながら釘を刺す。

黙って視線を逸《そ》らした私に、キアさんはぼそりと告げた。

「勝手に取ったらヒルダに頼んで『念写《ねんしゃ》』した紙を、宿舎に貼り出しちゃうわよ？」

隊員の一人であるヒルダは、『念写《ねんしゃ》』という能力の持ち主だ。具体的な情報を元にしたイメージや実際に目撃した光景を、紙に写し出すことができる。

つまりキアさんとヒルダが協力すれば、私のメイド姿を写真のように写し出すことなど簡単なのである。

「キ、キアさんが一ミリ単位でこだわってつけてくれたヘッドドレスですよ？　勝手に取るなんてこと、するわけないじゃないですか！」

隊員たちに見られるよりも、メイドさんたちに見られるほうがマシだ。だってメイドさんたちは私と同じ『ヘッドドレス仲間』なのだから。

「よかったわ。頑張ってね」

笑顔のキアさんに部屋から追い出された私は、コソコソと隠れるように宿舎の廊下を歩く。『念《ねん》写《しゃ》』による公開処刑は避けられたものの、油断はできない。こんな姿で歩いているところを誰かに見られたら、なんと言われるか……

壁に張りつき、柱の陰に隠れながら、なんとか宿舎を脱出する。

さて、ここからはできるだけ自然に振る舞わなくては、すぐにコスプレだとバレてしまう。

私は先程のメイドさんたちがいたのとは逆方向へ歩くことにした。だって彼女たちには、すでに顔を見られている。『あの人、メイド服着てるけど偽者《にせもの》よ！』なんて叫ばれたら、恥ずかしすぎて生きていけない。

十分ほど歩くと、厨房《ちゅうぼう》の裏庭で三人のメイドさんを見つけた。木箱に腰かけて野菜の皮を剥《む》いている。

私はドキドキしながらも、彼女たちにゆっくり近づく。すると、今回は向こうから声をかけてきた。

「ちょっと、あなた暇なの？　手伝ってくれない？」

「えっ!?　は、はい……」

「ごめんねー、三日前に入ったばかりの子が辞めちゃってさ。別の子はたまにフラーッとどこかに行っちゃうし……皮を剥《む》かないといけない野菜がこんなにあるっていうのにさ！　はい、これを使って」

まだ幼さの抜けきらない少女が、そう言いながら小さなナイフを渡してくる。

私はナイフを受け取りつつも、内心冷や汗をかいていた。

――どうしよう。野菜の皮なんて、皮剥《む》き器でしか剥《む》いたことないよ!!

聞かねばならないことがあるのに、今口を開けば野菜の皮と一緒に指を削《そ》いでしまいそうだ。

慣れないナイフに四苦八苦していると、年配の女性が申し訳なさそうに言う。

「あんた……なんだかすまないね。苦手なんだろ？」

私の手の中で半分ほどの大きさになってしまった野菜を見て、憐《あわ》れみを込めた目を向けてくる。

「不器用ねえ！　野菜も満足に剥《む》けないなんて。そんなんで結婚できるわけ？」

「とりあえず一定のリズムで同じ方向に剥《む》いて、剥《む》きにくいところはあとで剥《む》いたらいいのよ」

おそらく十は年下であろう少女たちに心配され、指導される二十七歳の私……涙が出そうだ。

——そんなんで結婚できるわけ？

その言葉も、地味に私の胸に突き刺さる。

そのまま二十分ほど野菜たちとの格闘を続けた結果、なんとか人並みと思われる速さで剥《む》けるまでに上達した。……彼女たちはその三倍は早いが。

「よっし！　なんとか間に合った。慣れなかったでしょうに、ありがとね」

「いえ、あまりお役に立てませんで……」

本心からそう言ったのだが、彼女たちは驚いたように目を見開いて笑った。

「あなた、お人よしにもほどがあるわよ！　そんなんだから私たちにもいいように使われちゃうんだわ。本来ならしなくてもいい仕事を手伝わされたんだから、もっと偉そうにしてていいのよ？」

「そうよ、お礼に今度は私たちがあなたの仕事を手伝ってあげるわ。もちろん今サボってるモリーも一緒にね！　あなたの持ち場はどこなの？」

メイドでない私に持ち場なんてないので、慌てて遠慮する。

「いえ、ここには入ったばかりなので……それより、ちょっと教えてもらいたいことが——」

「入ったばかりなの？　その歳で――って痛いよイーラ、何するのよ！」

私の顔をまじまじと見て言ったメイドさんの脇腹を、年配のメイドさんが肘《ひじ》で突いた。

「馬鹿！　きっと色々事情があるんだよ。まったく、さっきから思ったことをなんでもすぐ口にして……」

どう反応すればいいのかわからず、私は笑ってごまかした。

「で、なんなの？　聞きたいことって」

「あの……リュシアン侍従武官《じじゅうぶかん》って知ってます？」

「知ってるわよ！　あの高慢《こうまん》ちきな男でしょ？」

その言葉に、残りの二人も嫌そうな顔で同意している。

「いつも私たちメイドのことを、虫けらを見るような目で見てさ！　誰があんたたちの食事を作ってると思ってるのよ、って言いたくなるよね！」

「うんうん。マクミーナ家のエリートだかなんだか知らないけど、ユーリ殿下のほうが百倍素敵だわ！」

どうやらリュシアン侍従武官《じじゅうぶかん》はあまり人気がないようだ。確かに高圧的だと感じていたが、あれは私に限ったことではないらしい。

「大体侍従武官《じじゅうぶかん》の位《くらい》についたことにも、納得してないって噂《うわさ》じゃない」

興味深い話に、私はすぐさま食いつく。

「どういうことですか？」

すると辺りをキョロキョロと見回したあと、先程イーラと呼ばれていた年配のメイドさんが小声で話し始めた。

「あの陰険男《いんけん》、侍従武官《じじゅうぶかん》になる前は騎士団にいたのよ。家柄はいいし、実力も申し分ないから、次期騎士団長と期待されててね。本人もその気だったらしいわ」

へえ、相当な実力者なんだ……そう聞くと、例の事件のときあっさりやられてしまったのが、ますます怪しく感じる。次期騎士団長と目《もく》されていた人を、そんな簡単に倒せるものだろうか？

「でも陛下はあの通りまだお子さまでいらっしゃるから、即位するにあたって、侍従武官《じじゅうぶかん》という名の子守をつけることになったのよ。そしたらあの陰険《いんけん》男が、家柄と実力で選ばれちゃったらしいわ」

そう言ったあと、イーラさんはさらに声をひそめる。

「大きな声では言えないけど、侍従武官《じじゅうぶかん》の職につくことを、本人はすごく嫌がっていたみたいよ」

これは……もしかしていきなり動機をゲット？

鼻息荒く相槌《あいづち》を打つ私に気をよくしたのか、他の二人も乗ってくる。

「他にいなかったのかしら？　あんなムスッとした顔で傍《そば》にいられちゃ、陛下もたまったもんじゃないわよね」

「最近は陛下の傍《そば》にユーリさまもお見かけするけど、きっとリュシアン・マクミーナにうんざりした陛下が、兄のユーリさまを頼っているに違いないわ」

うんうんと、三人は勝手な妄想話で盛り上がっている。

だが真実は違う。暗殺未遂があったからだ。まあ、その件はシド隊長によって箝口令《かんこうれい》がしかれていて、ひと握りの者しか知らないのだから無理もない。

リュシアン侍従武官《じじゅうぶかん》については聞き出せたが、彼のことだけ聞いたら変に思われるかもしれないので、今名前の挙がったユーリ殿下についても聞いてみることにした。

「ちなみにユーリ殿下はどんな方なんですか？」

すると、三人とも私を見て口々に言う。

「ユーリさまはいい方よ！　先代のお子さまなのに市井《しせい》で育ったからか、私たちに対しても気さくでお優しいの」

「だけど、隠しようのないあの気品！　街中《まちなか》では浮いてしまって、さぞ辛い思いをされたでしょうねえ」

「お母さまの血筋さえよければ、年齢的にもユーリさまが即位していたでしょうに……残念だわ」

そういってため息を吐《つ》くのはイーラさんだ。他の二人も同意見なのか、一緒にため息を吐《つ》いている。

「皆さんは、ヴィクトール陛下のやり方に不満があるんですか？　いい皇帝だと聞いてますすけど」

「やあねえ、そういう意味じゃないわよ。ただユーリさまは私たち庶民の味方をしてくれるだろうから、彼が皇帝だったら税金とかも下がって嬉しいのにな、って」

「そうそう。それにお母さまの血筋がよかったら、たぶんユーリ殿下も普通の貴族と変わらない嫌な性格になったと思うわ！　だから陛下は今の陛下でいいのよ」

三人はあははは、と声をあげて笑う。

私は笑えなかった。笑うには、ヴィクトール陛下のことを知りすぎているんだと思う。

三人が『たられば』話に花を咲かせている間、私はそっと考えをまとめることにした。

リュシアン侍従武官《じじゅうぶかん》は、とにかくすごい嫌われようだ。反対にユーリ殿下はとても好かれている。

ヴィクトール陛下は好かれても嫌われてもいないといったところか。

そしてリュシアンは、侍従武官《じじゅうぶかん》という名の子守に据《す》えられたことを、未だに恨んでいる可能性がある。

もしかして陛下がいなくなれば、任を解かれて騎士団に戻れると考えたのだろうか？

考え込んでいるうちに、三人のおしゃべりは終わってしまったようだ。黙ったまま俯《うつむ》いている私の肩を、年配メイドのイーラさんが、励ますようにそっと叩いた。

「もしかして、あの陰険《いんけん》男に惚れたのかい？　やめておきな、傷つくだけだよ」

「え？　違っ――」

「隠さなくてもいいよ。あの男も見た目だけはいいからね。でもやめておきな。私たちのようなメイドのことなんて、虫けら程度にしか思っていない男だよ。こっぴどく振られるか、いいように遊ばれるのがオチさ。それともユーリ殿下が好きなのかい？」

「違います！」

慌てて否定するが、イーラさんは全く聞く耳を持たない。

「殿下は気さくでお優しい方だけど、身分が違いすぎる。メイドの中には殿下に恋してる子が何人もいるよ。でも市井《しせい》で生まれ育ったとはいえ、殿下には高貴な血が半分流れているんだ。私らみたいな庶民なんて、相手にするわけがないだろう？　……そうだ！　庭師のゲイリーはどうだい？殿下には及ばないが、なかなかの好青年だし、紹介してやってもいいよ？」

　イーラさんはブツブツと日付を呟《つぶや》き始める。頭の中で私とゲイリーとやらの初顔合わせの日程を決めているようだ。

「ちょっ、本当に違いますから！」

　必死に否定する私のスカートが、誰かに引っ張られる。見ると、メイドさんの一人がくいくいと引っ張っていた。

「イーラってこうなったら長いし、諦《あきら》めてくれないからもう行きな。このままだとあんた、顔も知らないゲイリーと結婚させられるわよ」

　私は顔もわからない青年との結婚式を想像して、引きつった笑みを浮かべる。

　どうせなら隣には――

　そう考えたとき、シド隊長の顔が浮かび、私は慌てて首を横に振った。

「な、なんでシド隊長が……」

　熱くなる頬《ほお》を押さえ、一人で言い訳していると、メイドさんたちに聞かれてしまったようだ。

「シド隊長って、特殊部隊《ベッカーズ》のサンティエールさま？」

「え？　あ、はい」

　否定するのも変なので、ひとまず頷《うなず》いておく。すると若い二人は、その話で盛り上がり始めた。

「あんた面食いだねえ。それに、そんな馴《な》れ馴《な》れしく呼んで……特殊部隊の人たちだけだよ。サンティエールさまのこと、シド隊長だなんて呼ぶの」

イーラさんに図星《ずぼし》を突かれ、一瞬やばいと思ったものの、私が隊員であると疑われることはなかった。メイド服の力は偉大だ……

「面食いというよりチャレンジャーじゃない？　だってサンティエールさまって、ユーリ殿下以上に高貴な方だし、マクミーナ侍従武官《じじゅうぶかん》以上にとっつきにくいわよ」

言えてるー、と二人は笑い合っている。

「でも、その……素敵ですよね？」

「そりゃ見た目は凛々《りり》しくて美しくて、言うことないわよ。それに『救国の英雄《サンティエール》』の子孫だし、特殊部隊の隊長だし、世の女の子たちの求めるもの全てを持っているような人だけど……恋愛対象にはならないかなあ」

「え？　どうして⁉」

「なんていうか、近寄りがたいでしょ？」

「わかる！　緊張しちゃって目を合わすこともできないよね」

うんうんと頷《うなず》き合う二人。その感覚がわからず、イーラさんにも聞いてみる。

「そうなんですか？」

「そりゃそうさ。サンティエールさまはあの見た目で私なんかよりもずっと年上だし、この国の守り神みたいなもんだ。少なくとも私たちの年代は、生き神さまのように思ってる人も多いよ」

その言い方に、思わず笑ってしまう。

「なんだい？　急に」

「いえ……色々とありがとうございました」

聞きたいことは大体聞けた。そう思って立ち去ろうとしたら、イーラさんに止められる。

「ちょっと待ちな、ゲイリーと会う日を決めなきゃ――」

しつこくお見合い話を進めようとするイーラさんの腕を、若いメイドさんたちが掴《つか》み、厨房《ちゅうぼう》へと引きずっていく。

「はいはいイーラ、仕事に戻るよー」

「じゃあね、皮剥《む》き手伝ってくれてありがと！　助かったよ！」

こちらこそ、と彼女たちに感謝しつつ、私はその場を後にしたのだった。

三人の話を聞いてリュシアン侍従武官《じじゅうぶかん》への疑いを強めていたが、証拠がない以上ただの推測にすぎない。

このまま考え続けても証拠が見つかるはずもないので、私は一旦帰ることにした。

「今日は結構収穫もあったし、とりあえずご飯だ！」

宿舎の近くには、今日の夜ご飯らしきいい匂いが漂《ただよ》っている。

「やった！　今日は月に一度のシチューの日！」

私の頭は、大きめ野菜がゴロゴロ入ったクリーミーなシチューでいっぱいになり、足取りも軽く食堂へ向かう。

だがこのとき、私は大事なことを忘れていた。それに気がついたのは十五分後。ホクホク野菜のシチューを口いっぱいに頬張っていたとき、通りかかったシド隊長からこう言われたのだ。

「ルーシア、その格好はなんなんだ？　趣味なら何も言わないが……まさか隊内でいじめられているんじゃないだろうな？」

心配というより若干引き気味の視線を向けられ、ようやく自分が何を着ているのかを思い出した。恥ずかしさのあまり、シチュー片手に食堂から逃げ出したのは言うまでもない。

第六章　見当違い

「ルーシア、朝よ！　起きなさい」

目覚まし時計の機械的な音ではなく、少しハスキーな声で目が覚めたものの、ベッドから出る気にはなれなかった。

私は布団にもぐると、くぐもった声で言う。

「……あと五分」

「何言ってるの？　この時間に起こしてって頼んできたのはルーシアでしょ？　私そろそろ寝るから、もう知らないわよ！」

その怒ったような声の主は、『もう知らない』と言いながらも、私の布団を思いっきり引きはがす。

「ちょっ……」

「何？　文句あるわけ？　あなたこれから仕事なんでしょ？　観念して起きなさい」

目を開けた私の前には、呆れたように腰に手を当てて立つ妖艶《ようえん》な金髪美女。といっても胸はぺったんこだし、喉《のど》には女性にはない出っぱりがある。

そう、吸血鬼のミカ——男性である。

なぜミカがこんな早朝にここにいるのか。もちろん、同衾《どうきん》したわけではない。

吸血鬼はそのイメージ通り夜行性《やこうせい》なので、任務を遂行《すいこう》するのは夜が多い。日中も行動可能だが、夜のほうが能力を存分に発揮できるため、早朝に宿舎に戻って夜また出ていくのだ。

そんなわけで、朝早く起きる必要があるときは、ミカを目覚まし時計代わりにしていた。寝る前に起こしてとお願いしておくのだ。

「目が覚めたかしら？　まだなら、私が刺激的なやり方で起こしてあげるわ」

ミカは私の首筋をすうっと撫で、まるで美味《おい》しいものでも見つけたかのように、自分の赤い唇をぺろりと舐めた。

「お、起きたから大丈夫！　ありがとう！」

「そう、残念。……ルーシアって乙女よね。いつもいい匂いがしているもの」

「なっ！　何を――」

「シッ、まだ周りは寝ているから静かにね」

ミカは私の口に人差し指を押しつけ、にいっと笑ってみせる。

乙女って……おとめって……後生《ごしょう》大事に取っておいて悪かったわねえええええ！

「ま、とにかく約束は果たしたわよ。じゃあ私は部屋に戻るから」

そう言って、ミカはあくびをしながら部屋を出ていく。

「ミカ、ありがとうね」

「いいわよ、自分の部屋に戻るつい……いえ、ルーシア、貸し一つね」

……今、絶対『ついで』って言おうとしたよね？

ミカはこちらを振り返ると、目を細めて笑う。

「今度ご馳走《ちそう》してくれたら、チャラにしてあげるわ」

「なんだ、それくらい――」

いいよ、そう言いかけて止まる。

ご馳走《ちそう》って食事のことだよね？　もちろん普通の食事ならなんの問題もない。熊のオルソほど大食漢《たいしょくかん》じゃなければ、一食くらい奢《おご》ってあげられる。けど、吸血鬼の食事って……

「わあ、嬉しい。楽しみにしてるわ！　前日はあまり脂《あぶら》っぽいものとか、ガリックとか、食べないでくれると嬉しいナ」

私がＯＫする前に、ミカは勝手に話を進める。

ちなみにガリックというのは、にんにくのような香りの強い野菜で、ミカはこれが嫌いらしい。

「で、でも……」

「大丈夫。はじめはちょっと痛いけど、そのあとは気持ちいいだけだから安心して。ルーシアは仲間だし、優しく優しくしてあげる」

ミカが言うとなんだか卑猥《ひわい》に聞こえる。だが、あくまでこれは食事の話なのである。

「……操《あやつ》ったりしない？」

吸血鬼は相手を操《あやつ》り、従わせる力を持っている。目を見つめることで魅了状態にし、さらにその血を吸うことで、相手を自分の支配下に置くことができるのだ。相手の思考能力をも奪い、意のままに動かせる。まさに操《あやつ》り人形だ。

「しないわよ！　仲間にそんなことしたら、シド隊長からどんな目に遭《あ》わされるか！」

「本当に？」

「もちろんよ。ここだけの話、乙女には『魅了《チャーム》』が効きにくいしね」

嬉しくないが、ありがたい話だ。

「ね？　お願い。あなたの身体を流れる赤い宝石を、ちょこっと分けてもらうだけよ。後遺症も副作用も何もないわ。ちょっとムラムラするくらいよ……って、そんな汚いものを見るような顔しないでくれる？」

「いつもその副作用を利用して、血以外のものも美味《おい》しくいただいちゃってるくせに……」

ミカがオネエなのは見た目だけで、中身はバリバリの男だ。

食事を口実に、若く美しい女性たちの寝室に忍び込んでは、血に限らず色々いただいてきちゃう悪い男なのである。

「失礼ね！　いつも合意の上よ！」

「だから、その合意が怪しいんだって……」

ため息を吐《つ》く私を無視し、ミカは両手を合わせて拝《おが》むようにお願いしてくる。

「ねー、ほんのちょびっとだけ！　お願い！」

「まあ、いつも起こしてくれてるもんね」

そう言って、私は仕方なしに頷《うなず》く。

「ありがとう！　最近の子は乱れててさ、乙女率が低いのなんのって。その点、ルーシアは紛《まぎ》れもない芳《かぐわ》しき乙女の香りが――」

「うるさい！　出てけええええ」

乙女、乙女としつこく繰り返すミカにまくらを投げつけ、ようやく追い払うことに成功した。その後、一人で悔し涙をそっと拭《ぬぐ》ったのは内緒だ。


私は身支度を整えると、宿舎を抜け出して中庭に向かった。この中庭の一角からは、リュシアン侍従武官《じじゅうぶかん》の部屋がバッチリ見える。

日中は陛下にべったりと張りついている上、最近はユーリ殿下と一緒に行動している。そんなリュシアンが何か事を起こすとしたら、一人になれる時間帯しかない。

そのため早朝と深夜に彼を見張ることにしたのだ。

「なんだかんだ言っても、ミカには感謝だよね。こんな時間に、目覚ましなしで起きれる自信ないもん」

ふああ、と大きなあくびをしたあと、二階にあるリュシアンの部屋を見上げる。

「だけど、ああして部屋の中まで入ってこられると、ちょっとね……」

ミカは自称紳士なので、襲ってきたりはしないだろうが、時々目が怖い。自分で頼んだとはいえ、目を覚ましたときベッドの傍《そば》にいられると、少しびっくりする。

「やっぱり部屋に鍵、欲しいなあ……」

こちらに来て間もない頃、自室のドアに鍵がないことに驚いて、シド隊長に相談したことがある。だがこちらの世界では、鍵はまだ一般市民に普及しておらず、貴族や富裕層のステータスの一種として扱われていると説明された。

特殊部隊の宿舎でも、隊長や副隊長クラスにならないと、鍵のついた個室はもらえないらしい。当時まだ訓練生だった私が強気な要望を出せるはずもなく、仕方ないと諦《あきら》めたのだ。

「ま、実際のところ、今まで鍵なしでもなんにも起きてないんだけどさ……こう、日本人としては当たり前の防犯ができなくて心細いというか、落ち着かないよね」

誰もいない中庭で、私は一人呟《つぶや》くのだった。

起こしてもらっておいて文句を言ったから罰《ばち》が当たったのか、それともドラマや小説があまりにご都合展開なだけなのか……リュシアン侍従武官《じじゅうぶかん》に何も動きがないまま、すでに一週間が経過してしまった。

連日の張り込みで、私は疲れ果てている。

「この歳でこんな生活は無理だって……」

夜、中庭の植え込みに隠れたまま、ぼそりと漏らす。

十代の頃はオールだなんだと、三日寝なくとも平気だったはずが……今は昼間仮眠しているというのに、身体がしんどくてたまらない。

今回の張り込みでは、二十七という自分の年齢を再確認しただけだった。

「この生活のせいでアルダの姿を最近見てないし、クロ……隊長にも会ってない」

そのため私は、モフモフ欠乏症《けつぼうしょう》に悩まされている。明らかに獣《けもの》成分が足りていなかった。

「なんか中途半端に思い出したから、余計にモフりたくなってきた……クロに思い切り抱きついて、胸元に顔を埋《うず》めてスーハーしたいっ!!」

想像しただけで鼻血が出そうだ。

私は頭を振り、目の前の仕事に集中する。今夜は朝までここにいるつもりなのだ。

「リュシアンでもロシアンでも粒あんでもなんでもいいから、早く尻尾を出さないと呪ってやる……」

人気《ひとけ》がなく静まりかえった中庭に、私の呪詛《じゅそ》の声が響いた。

深夜を過ぎ、リュシアン侍従武官《じじゅうぶかん》の部屋の灯《あか》りが落ちる。

「いいなあ、私も寝たい……羨《うらや》ましい……」

侍従武官《じじゅうぶかん》のベッドは柔らかいんだろうなあ……名門貴族のお坊ちゃんだしなあ……

徐々に自分の思考がやばくなっていることには気づいている。このままでは温かな布団と柔らかなベッドの妄想と共に、地面に突《つ》っ伏《ぷ》して眠ってしまいそうだ。

「はあ、情報の整理でもしよ。そもそも私の考えは的外れだったのかなあ？」

今日も陛下と殿下とリュシアン侍従武官《じじゅうぶかん》は、いつもと同じように三人連れ立って歩いていた。その様子に怪しい点は少しもない。そして陛下の周りに不審な動きもない。

なんてことを悶々《もんもん》と考え込んでいると、ようやく夜が明けた。爽《さわ》やかな鳥の鳴き声がする中、目の前を陛下たち三人が歩いていく。いい肌艶《はだつや》だ。きっとよく眠れたのだろう……チッ。

そんなことにすら苛立《いらだ》ち始めてしまった。これはもう重症だ……

そこで私は擦り減った神経を癒《い》やすため、最後の手段に出ることにした。

「……隊長のところに行こう」

朝の七時だというのに、血走った眼《まなこ》で中庭を全力疾走し、執務室のドアをノックもせずに勢いよく開ける。

今起床したばかりなのか、隊長がシャツを片手に驚いた表情で私を見ている。だが、構うものか。

「クロ、カモーン！　いや、私が行くっ！」

そう言いながら抱きつくと、隊長の呆れた声が降ってきた。

「ルーシア……なんなんだお前は……」

「隊長、クロになってください。このままでは私、過労死しそうです……」

隊長は長いため息を一つ吐《つ》いてから、仕方ないとばかりにクロになってくれる。

「ふおおおおおおっ!!　クロオオオオ!!」

私は奇声をあげつつ、腕の中のクロにすりすり、モフモフ……

その温かさと柔らかさのおかげで、一気に疲れが取れた気がした。

「アニマルセラピーってすごい……」

そんな呟《つぶや》きと共に、私の意識はブラックアウトしたのだった。

「んっ……」

私が目を覚ましたとき、クロは傍《そば》にいなかった。慌てて飛び起き、寝ていたソファーの上で頭を抱える。

「クロッ⁉　嘘……私のクロがいな――」

「誰がお前のクロだ！」

そのツッコミに振り返れば、そこにはクロの姿のままの隊長が！

「クロオオオオ‼」

私は再び飛びかかる。隊長は諦《あきら》めたのか、避《よ》けるそぶりすらなかった。

荒《すさ》んでいた気持ちが落ち着くまで、思う存分ソファーでモフモフしていたら、隊長がいきなりむくりと身を起こす。

「もういいだろう。俺もいい加減仕事をせねばならん」

いつもより毛並みが乱れているのは、私が撫で回したせいだろう。

「そんなああああ」

恨みがましい私の声など一切無視して、隊長は光に包まれイケメンに戻ってしまう。しかも上半身裸というおまけつきだった。

「た、た、隊長‼　なんて格好ですか！　早く服を着てください！」

たじろぐ私を見て、隊長は意地悪く笑う。

「男の裸が珍しいのか？　……そういえば、ミカがお前は乙女だと言っ――」

「うあああああ」

大きな声で隊長の声を遮《さえぎ》る。

ミカめ！　何を言いふらしてくれてんだ！　次に会ったとき、絶対に化粧を落としてやる！

「やかましい！」

「すみません……隊長、お願いですから服を着てください」

その無駄に引き締まった身体を隠してください。

隊長は呆れたように長いため息を吐き出した。

「……着替えの途中でお前が入ってきて、挨拶《あいさつ》すらなく俺の胸に飛び込んできたんだろうが」

全く覚えていない。じゃあ私は上半身裸の隊長に抱きつき、頬《ほお》ずりしていたのか……いや、狼なんて普通は裸だし……でも隊長は人間で……

きっと私の顔色は青くなったり赤くなったり、せわしなく変わっていることだろう。

「まったく。前も言ったと思うが、お前は危機管理がなっていない！」

白いシャツを着ながら、お説教を始める隊長。

十五分ほど怒られたあと、私は深々と頭を下げた。

「本当にすみません……」

「いいか、また同じようなことをしてみろ。力ずくでわからせてやるからな。泣いてもやめてやらんぞ」

きわどいセリフだが、隊長が言わんとしているのは、きっと違う意味だろう。それでもドキドキしてしまうのは、ほんの少しの可能性に期待しているからだろうか。

そう考えたとき、私はハッと息を呑んだ。

――今、私は何に期待していた？

考えるまでもない。実は薄々気がついていた。でも、ずっと気づかないふりをしてきたのだ。

疲れ切ったとき、限界のときに頭に浮かぶのは、なぜか隊長のことだった。本当にモフモフだけが目当てなら、アルダでもいいはずだ。むしろアルダなら、もっと甘やかしてくれる気がする。それでも私は、なぜか隊長のところへ来てしまう。

――クロにそっくりだから。

それをずっと言い訳にしてきたが、たぶん私は隊長自身のことも気になっているのだろう。きっかけはクロだったかもしれないが、一緒に過ごすうちに、隊長に惹《ひ》かれてしまったのだと思う。

テンポのいい会話も楽しいし、隊長の博識《はくしき》さや実力を尊敬している。たまに言葉が荒いときもあるけれど、筋の通っていないことは言わないし、部下思いで優しい面も知っている。

知れば知るほど、一緒に過ごす時間が長くなればなるほど、隊長に惹《ひ》かれていった。

前にメイドの三人が『隊長は恋愛対象ではない』と言ったとき、実はホッとした。私にはなんの取り柄もないから、ライバルは少ないほうがいい。

……以前、私が日本へ還《かえ》ろうとしていたのも、自分の気持ちに気づくことを恐れていたからだ。

隊長が私を好きになってくれることはないかもしれない。でもここに残れば、少なくとも隊長の姿を見ていることはできる。傍《そば》で一緒に働くこともできるのだ。

逆に日本に還《かえ》れば、二度と見ることができなくなり、それどころか思い出すことすら叶わないのである。そう考えただけで、キュッと胸が痛んだ。

だから、この気持ちに気づく前に還《かえ》ろうとしていたのだ。この恋心に無理やり蓋《ふた》をして、なかったことにしようとしていた。

心配している家族のために……そう言えば聞こえはいいが、本当は自分の心を守るためだった。

「どうした？　気分でも悪いのか？」

黙りこくった私を、隊長が心配そうに見ている。私は慌てて笑顔を作った。

「いえ、隊長のおかげで元気になりました」

隊長は私の顎《あご》を掴《つか》み、強引に上向かせた。……その指先が触れているところが熱い。

「ま、元気は言いすぎだが、目の下のくまは随分マシになったようだな」

「くま、ですか？」

好きな人にくまを指摘されるなんて……私は泣きたくなった。

「気がついてなかったのか？　お前は女のくせに、鏡もろくに見ないのか」

「ちょ、ちょっと最近忙しくて……」

「ヴィクトールさまの件だな」

隊長の言葉に私は頷《うなず》く。仕事の話をしていると冷静さを保てるので、今の私にはすごくありがたかった。

「お時間があるなら、少し聞いてもらってもいいですか？」

「構わないが、朝食はもう済ませたのか？」

そう聞かれて、自分が空腹であることに気づいた。私が寝起きを襲撃したせいで、きっと隊長も朝食はまだだろう。

「まだです。食堂に行きますか？」

おそらく話は長くなるだろうから、食事を後回しにするのは避けたい。

「いや、話の内容が内容だからな。持ってこさせよう」

隊長は部屋の中にあるベルを鳴らした。それだけでメイドさんが食事を持ってきてくれるらしい。

「そんなことできるんですね」

「まあな、お前も食事を部屋まで持ってきてもらいたければ、副隊長になれるよう精進《しょうじん》しろ」

隊長の言葉に深い意味はなく、いつもの軽口であることはわかっているが、お前はここにずっといてもいい——そう言ってもらえたようで嬉しかった。

「メイドが来るまで少し時間がある。だが仕事の話を途中で邪魔されたくないからな……朝食を待っている間に、髪を結ってくれ」

隊長が私に髪紐を投げてよこす。つい反射的に受け取ってしまった。

隊長に堂々と触《さわ》れる機会は、クロ姿のときを除けばそう多くない。迷ったものの、私は頷《うなず》いた。

「……いいですよ」

「お前が素直に頷くのは珍しいな、何か企《たくら》んでるんじゃないだろうな？」

「違いますよ！　失礼な……」

私が口を尖《とが》らせて文句を言うと、隊長は笑った。

「お前には前科があるからな」

「前科？」

「なんだ、もう忘れたのか？　俺の髪に勝手にリボンを結んだだろう？」

「あ！」

……そういえば、そんなこともあった。

「確かに結びましたけど、前科って言い方はひどくないですか？　ちょっとしたいたずら心ですよ。本当はすぐにバラすつもりだったんですけど、予想以上に似合っていたので、つい言いそびれました」

「お前なあ……あれのおかげで色んなやつに話しかけられて面倒だったんだからな！　今回は普通に頼むぞ」

呆れたような隊長の声。どうやら怒ってはいないらしい。

「わかりました。じゃあ座ってください」

「ああ」

椅子に座った隊長の髪をブラシで梳《と》かし始める。相変わらずいい手触《てざわ》りだ。少しもつれているのは、クロ姿のときに私が毛を指に巻きつけて遊んでいたからだろう……そう思うと、本当にクロは隊長なんだなと実感して恥ずかしくなる。

そんな思いを振り払うように、私は口を開いた。

「さっき話しかけられたって言ってましたけど、隊員からですか？」

もしリボンをつけたのが自分でなければ、私も確実にツッコんでいただろう。

「いや、普段は関わりのない者たちからだ」

隊長はうんざりしたように答えた。その人たちから、嫌味でも言われたのだろうか？

「なんて言われたのかは知りませんが、私は貴族っぽい雰囲気がして、すごく似合っていると思いましたよ」

「ああ、その者たちにも似合っていて素敵だと言われた。いつもそうしたらいいのにとも言われたが、リボンをつけただけでああも声をかけられては鬱陶《うっとう》しい」

隊長は懲《こ》り懲《ご》りだと言わんばかりだけれど、私は面白くなかった。

「話しかけてきたのって、女性ばかりですか？」

「ばかりではないが、まあ多かったのは若い女性だな」

「……若い女の子たちに囲まれて嬉しかったんじゃないですか？　なんなら、またリボンをつけて差し上げましょうか？」

そう言って、髪をぎゅうぎゅう引っ張る。

「なぜ怒っている？」

「別に……なんか面白くないだけです」

ムスッとする私に、隊長はふっと笑った。

「なるほどな……ま、一つだけ言っておくと、俺は香水の匂いをぷんぷんさせた者は男女を問わずどこかで聞いたことのあるセリフ。そうだ、アルダも同じことを言っていた。

「隊長はアルダと違って、本物の狼じゃないくせに……」

「人間のままでも、俺は色々と優れてるんだよ」

なんとも尊大《そんだい》な発言だが、隊長が言うと冗談でも勘違いでもなく、真実なのだと思える。

「それに……何かと手のかかる部下がいるからな。いちいち狼に姿を変えて、寝かしつけることまでしなきゃならん。他の女にうつつを抜かしている暇はない」

「隊長……」

手のかかるやつだと言われているのに、なんだか嬉しかった。

それでも念のため、もう一度言っておく。

「……リボンはつけませんからね」

「ああ、そうしてくれ」

隊長が笑うと同時にノックの音が聞こえ、メイドさんが食事を載せたワゴンを押して入ってきた。

「お待たせいたしました」

「そのテーブルに並べてくれ」

「かしこまりました」

メイドさんは一瞬だけ私と隊長を見たあと、手際よく料理を並べていく。

「すぐに食べるから、それは取ってくれていい」

隊長の指示で、メイドさんは料理にかぶせてあったクロッシュを取る。その途端、バターと卵のいい匂いが広がり、私のお腹が元気よく鳴った。

「シ、シド隊長、髪を結べました」

隊長に聞かれてなければいいな、と思いながら伝える。

「助かった。さっそく食べるか？　お前の腹の虫は待ちきれないようだしな」

聞こえてたんだ……

赤くなる顔を隠すために、俯《うつむ》きながら頷《うなず》く。

料理の並べられたテーブルに移動すると、セッティングを終えたメイドさんが部屋から出ていくところだった。

「失礼いたします。他にご用がありましたらお呼びください」

「ああ、ご苦労だった」

メイドさんを労《ねぎら》った隊長は、椅子に座りながら怪訝《けげん》な目を向けてくる。

「何を笑っている？　まさか、またリボンをつけたんじゃないだろうな？」

「ち、違いますよ！」

どうやらニヤけてしまっていたらしく、私は慌てて表情を引き締めた。

「隊長って、相手の身分に関係なく平等に接するんだなと思って……ついほのぼのしてしまって」

「身分に関係なく？　そんなことはない。俺もヴィクトールさまに対しては、きちんと接しているつもりだが？」

「いえ、そういうことじゃなくて……この国の貴族の人とかって、メイドさんにいちいちありがとうとかご苦労さまとか、声をかけないと思うんですよ」

日本なら誰にでもお礼を言うのは当たり前のことだけど、ここに来てからは庶民に対する貴族の傲慢《ごうまん》な態度を山ほど見てきた。だからこそ、『救国の英雄《サンティエール》』の子孫である隊長が偉ぶらないことが嬉しかったのだ。

「まあな。だが人間など一皮剥けば誰だって同じだ。肉の塊《かたまり》に貴賤《きせん》の区別などない。大切なのはその者の本質であって、見た目や財産ではないからな」

一皮剥けばみな同じ、か。これだけのイケメンが言うと説得力あるわ。私が言っても、負け犬の遠吠えだって笑われて終わりそうだもん。

「さ、無駄話はここまでにして、冷めないうちに食べろ」

「はい、いただきます！」

ふんわりとしたオムレツを、そっとナイフで切る。中から半熟の卵とチーズのようなものがトロリと流れ出した。

パンをちぎって卵をすくって食べれば、ほんのりと甘い。

「美味《おい》しい！」

「疲れた身体には睡眠と食事が一番だ」

その通りだと、頷《うなず》きながら咀嚼《そしゃく》する。

食堂で食べるご飯もとても美味《おい》しいけれど、隊長の部屋で二人っきりで食べるご飯は特別な感じがして、いつもよりずっと美味《おい》しく感じた。

空腹がおさまった辺りを見計らったかのように、隊長が尋ねてくる。

「で、俺に聞いてもらいたい話とはなんだ？」

すっかりリラックスモードになっていた私は、慌てて背筋を伸ばした。

「それなんですけど……私なりに犯人探しをしてきたつもりなんですが、正直何も動きがなくて。このままでいいのか自信がなくなってしまって……」

いくら見張っていても、規則正しいリュシアン侍従武官《じじゅうぶかん》の生活リズムを把握しただけで、手がかりになりそうなものは何一つない。

「まあ犯人は一度失敗したことで、ヴィクトールさまに警戒されているからな。動く時機を見計らっているのだろう……ちなみに、お前はどこまで調べたんだ？」

私はメイドさんたちへの聞き込みで得た内容を隊長に伝える。それから深夜と早朝、リュシアン侍従武官《じじゅうぶかん》の部屋を中庭から見張っていることも。

「なるほどな……お前はリュシアン・マクミーナが犯人だと？」

「だって陛下が隊長の部屋にいると知っていたのは、限られた人たちだけです。プライベートなことだし、約束もしていなかった……そんな突発的な行動に合わせて計画を実行するなんて、身近な人物が犯人としか考えられません」

「しかし、ヴィクトールさまがここへ来たのが予期せぬ行動というのなら、それはリュシアン・マクミーナにとっても同じじゃないか？」

隊長はテーブルに肘《ひじ》をつき、じっと私の様子を窺《うかが》っている。

まるでテストされているかのようだ。

「でも陛下の一日のスケジュールを知っているのなら、当然空き時間も知っているはずです。そして陛下の行動パターン——例えば一時間程度の空き時間があるとシド隊長の執務室を訪ねるとか、大体十日に一度くらいの割合で訪ねるなんてことを把握しておけば、計画が立てられないこともない……そう思いませんか？」

「確かにな。だがヴィクトールさまのスケジュールを知っているのは、侍従武官《じじゅうぶかん》に限ったことではない。それに侍従武官《じじゅうぶかん》が誰かに漏らしたとも考えられる」

陛下のスケジュールを誰かに漏らす？　侍従武官《じじゅうぶかん》のことを見張り続けた今の私には想像できなかった。

「あのリュシアン侍従武官《じじゅうぶかん》が？　任務に忠実すぎるほど忠実ですし、親しく話をする相手も見当たりません。メイドさんたちからの評判を聞いたでしょう？　少なくとも私たちみたいな庶民に、陛下の情報を教えるなんてありえませんよ」

隊長は足を組みながら、椅子の背もたれに身を預ける。

「あの男は剣術馬鹿ではあるが、根っからの貴族だからな。だがそういった者たちは、自分よりも高位の相手に対してはひどく従順になる」

「でも彼より高位の相手なんて……」

そのとき、ふと気がついた。

「もしかして……」

「そうだ。俺はユーリ殿下が怪しいと睨《にら》んでいる」

「でも、ユーリ殿下はメイドさんたちからの評判がすごくよかったですよ？」

いつも穏やかに微笑み、異母弟《おとうと》であるヴィクトール陛下を心配して、ずっと付き添っているユーリ殿下。彼と暗殺未遂が私の中で、どうも結びつかなかった。

「それに陛下を暗殺しても、ユーリ殿下に得はないですよね？」

真っ先に思いつくのは皇位だが、母親が市井《しせい》の人間で、つい二年前まで自身も庶民だったユーリ殿下は、貴族からの支持を得にくい。いくらメイドたちからの評価は高くとも、皇位継承は難しいだろう。

皇位を継承するとしたら、目の前のシド隊長だ。

なんといっても『救国の英雄《サンティエール》』の直系子孫で、皇族の血も引いている。さらには国の要《かなめ》といえる特殊部隊の隊長でもある。当然庶民からも貴族からも一目置かれており、もしユーリ殿下と皇位争いをするとしたら、隊長に分《ぶ》があるのは誰が見ても明らかだ。

そんな事実を無視してまで、ユーリ殿下が危険を犯すとは考えられない。未だ市井《しせい》でくすぶっている状態ならまだしも、皇帝の義兄《あに》として何不自由なく暮らしているのだから。

「それを言うなら、侍従武官《じじゅうぶかん》にも全く得はないと思うぞ」

「どうしてですか？　陛下がいなくなったら、子守を返上して騎士団に戻れるのに。もし隊長が皇帝になっても、ユーリ殿下が皇帝になっても、子守は必要ないですよね？」

それを聞いた隊長は頭を抱えた。

「お前は馬鹿か？　侍従武官《じじゅうぶかん》として『ヴィクトールさまを守ることができなかった罪』に問われるに決まっているだろう！　それに、そんな不名誉な罪で任を解かれたものを、騎士団が受け入れるとも思えん」

「あ……」

言われてようやく気がついた。陛下に不敬を働いただけで罪に問われるこの世界で、陛下を守りきれず死なせてしまったりしたら……

「ならユーリ殿下が犯人だとして、考えられる動機はなんですか？」

「間違いなく皇位だろう」

「でも皇位継承権なら隊長だってありますし、陛下をどうにかしたところで、ユーリ殿下が皇位につけるとは思えませんが……」

その言葉に、隊長は複雑な表情を浮かべた。

「前回の襲撃を覚えているな？」

もちろん忘れるわけがない。頷《うなず》いた私を見て、隊長は話を続ける。

「現場はここ、つまり俺の部屋だ。ここでヴィクトールさまが襲われて亡くなった場合、真っ先に誰が疑われると思う？」

「……隊長？」

隊長はゆっくりと頷《うなず》いた。

「そんな状況で俺が皇位につくなんて言い出せば、余計に怪しまれるだろうな」

「もし隊長が即位を断れば――」

「残る継承者は一人、ユーリ殿下だ」

まさかと思いつつも、隊長の言葉に納得してしまう。

「ユーリ殿下は、そこまで計算して……？」

「ああ。だが俺の部屋で暗殺が成功する確率はゼロに近い。なんせ俺がいるからな」

うわ、言い切ったよ、この人。

「その顔はなんだ？　確かに前回はお前の『未来視《ヴィジョン》』のおかげで防げたが、俺一人でも十分対処は可能だった」

なんか悔しいけど、それはそうだろう。なんといってもチートなのだ。

「じゃあ、どうしてそんな成功率の低いところを、わざわざ狙ったんでしょう？」

私ならもっと確実な……例えば寝ているところを襲うとか、入浴中の無防備なところを襲うとかするのに。

「それだけの理由が何かしらあったということだ。それに、おそらくユーリ殿下は俺のことをあまり知らないからな」

隊長の言葉に、私は首を傾《かし》げる。

「え？　知らない人なんていないないほど有名で、子供を寝かせるときの定番のお話の一つとして、語り継がれてるって聞きましたけど……」

「それは初代の話だろう？　長らく語り継がれるうちに、ただのおとぎ話のようになっている。それに、俺と初代は別人だからな」

「でも皆さん、シド隊長のことを尊敬しているように見えますけど……」

前に話を聞いたメイドさんたちも、シド隊長のことを恐れつつも敬《うやま》っているように感じた。

「城内にいる者は、俺たちの仕事を間近で見ているからな。それにひと昔前は魔物討伐《とうばつ》で派手に暴れていたから、年寄り連中は覚えているだろう。だが街に住まう者たちは名前こそ知っていても、俺の顔や実力までは知らないはずだ」

「でも城内の人たちが知っているなら、ユーリ殿下もご存じなんじゃ？」

「そこがポイントでな。ユーリ殿下が城に来たのは二年前。前陛下が亡くなったあとだ。当時は葬儀やヴィクトールさまの即位式などで城内が慌ただしかったこともあり、俺たち特殊部隊は城外の大がかりな仕事を見送っている。やむをえず行《おこな》うとしても秘密裏《ひみつり》に対処してきたんだ」

まあ喪《も》に服している期間に、血なまぐさいことを避けるのは当然だ。

「もしかすると俺たちのことを、初代の名を掲《かか》げてタダ飯を食らう、七光りの集団とでも思っているのかもしれないな」

「さすがにそれは……」

ないと思いたい。

「そう思われるほど国が平和なのはいいことだが……俺の庇護《ひご》下にあるヴィクトールさまを簡単に暗殺できるなどと思われているのなら、少々癪《しゃく》に障《さわ》るな」

「ひっ！」

隊長の表情が怖くて、思わずびくりとしてしまう。

「ど、どうして容疑者を今更教えてくれたんですか？」

以前はいくら尋ねても教えてくれなかったのに、どういう心境の変化だろう。

「お前が大っぴらにリュシアン・マクミーナを嗅《か》ぎ回ってくれたおかげで、どうやらユーリ殿下はあいつを生贄《いけにえ》にすることに決めたらしいぞ。しかも自分は疑われていないと思って安心したのか、かなり油断している」

「えええええええ！　まさか隊長、私を囮《おとり》にしたんですか？」

リュシアン侍従武官《じじゅうぶかん》が生贄《いけにえ》にされるということよりも、そちらのほうが気になる。

「なかなか生きのいい囮《おとり》でよかったぞ。メイド服姿も面白かったしな」

満足げに笑って認める隊長。その笑顔に思わず見惚《みと》れてしまう自分が悲しい。

「じゃあ、リュシアン侍従武官《じじゅうぶかん》の捜査はやめて、ユーリ殿下を見張ればいいですか？　……今度は大っぴらにじゃなく」

「そうだな。お前の仕事はユーリ殿下の手足となって動いている者を探し出すことと、確かな動機を掴《つか》むことだ」

「動機は皇位継承じゃないんですか？」

「それはまだ推論にすぎない。ユーリ殿下を捕まえるのなら、確かな証拠が必要だ」

隊長は忌々《いまいま》しそうに言う。

「わかりました。まかせてください」

隊長のため、そしてヴィクトール陛下のためにも、絶対に証拠を掴《つか》んでみせる、そう決意を固めた。

「今日からは、『未来視《ヴィジョン》』を使ったまま行動しろ。何か起こるとしても一分ほどの猶予《ゆうよ》ができる。それなら回避《かいひ》することも可能だろうからな」

私はしっかり頷《うなず》くと、そのまま椅子から立ち上がる。

「さっそく向かうのか？」

「はい。殿下の場合はリュシアン侍従武官《じじゅうぶかん》と違って、いつでも自由に動けます。だからできる限り張りつこうと思います」

「わかった」

食事はメイドさんが片付けにくるというので、そのまま出口に向かう。

ドアを開けて一歩足を踏み出したところで、後ろから声をかけられた。

「ルーシア、絶対に無理はするな。それと、疲れたらここに戻ってこい、抱きつかせてやる。俺のことが好きなんだろう？」

「っ!?　……あ、ああ！　ありがとうございます」

一瞬、何を言ってるんだと真っ赤になったけれど、すぐに狼のときのことだと理解した。

執務室のドアを閉めて廊下を歩きながら、さっきのセリフを思い出す。人間の姿であのセリフを言われると、かなりきわどいということを、改めて実感するのだった。

第七章　無茶はいけないと身をもって知る

「三十秒後に、あの角からメイドさんが出てきてドンガラガッシャン……怒鳴る貴族と這《は》いつくばって謝るメイドさんか。見ていて気持ちいいものじゃないよね」

隊長に言われた通り、私は『未来視《ヴィジョン》』を使ったままだ。その状態で動くことに慣れた今、特に不便は感じない。

私は目の前の貴族を足早に追い抜くと、角を曲がった。そして誰かの朝食の残りを載せたワゴンを押す、大人しそうなメイドさんに声をかける。

「あの角の向こうに貴族の人がいるから、ぶつからないように気をつけたほうがいいよ」

「え……？　ありがとうございます」

メイドさんは一瞬驚いたような表情を浮かべたが、すぐに頷《うなず》いてくれた。

「どういたしまして」

私はそこを離れ、目的地である謁見《えっけん》の間の近くへ向かう。これから陛下の朝一の公務が行《おこな》われるからだ。ユーリ殿下も一緒なら助かるんだけど……

「ん？　噂《うわさ》をすれば殿下と……誰だろう、あれ」

『未来視《ヴィジョン》』で視《み》えた六十秒後の世界に、殿下と髭《ひげ》の生えた男性、それに可愛らしい女の子が一緒に歩いているのが見えた。私もこのまま歩いていけば、鉢合《はちあ》わせしてしまうだろう。

「殿下の身辺を探るなら、下手に姿を見せないほうがいいよね？」

もし姿を見られても、一度や二度なら偶然で済むかもしれない。だが、それが三度、四度と重なれば怪しまれる可能性がある。避けられる接触は避けるべきだ。

そう判断した私は、廊下の柱に隠れて様子を窺《うかが》う。

「うーん……一緒にいるのは誰だろう？」

私がこの国について詳しければ、男の人の名前がわかったかもしれない。でも今の私には、きっと貴族だろうな、程度の判断しかできなかった。

「もしかして、企《たくら》みの協力者!?」

なんてことも考えたが、一緒にいる女の子は娘さんのようだし、子連れで暗殺の話をするとも思えない。三人はにこやかに談笑《だんしょう》しながら、陛下のいる謁見《えっけん》の間のほうに歩いていく。

「……たぶんだけど、違う国の人かも」

注意深く観察すると、着ている服がこの国の貴族とは異なる。殿下はヒラヒラした宮廷服姿だが、髭《ひげ》の男性と女の子はどこかの民族衣装のような、ゆったりとした服を身にまとっていた。

『未来視《ヴィジョン》』の中では謁見《えっけん》の間に入ったあと、殿下が陛下に男性を紹介している。女の子も紹介されて、恥ずかしそうに頬《ほお》を染めながら挨拶《あいさつ》していた。

「……暗殺とは関係なさそうね」

そう呟《つぶや》いた私は、三人の歩いていった方角を見る。謁見《えっけん》の間の前には衛兵が立っているので、中に忍び込むのは無理だろう。

「あの様子だと、殿下はしばらく謁見《えっけん》の間から出てきそうにないなあ……」

ため息を吐《つ》きながら、ふと思う。

殿下がしばらく戻ってこないのなら、今のうちに部屋を漁《あさ》ればよいのでは？

——暗殺計画を裏づける密書や証拠を手に入れる、絶好のチャンス！　成功すれば隊長からも、きっと褒《ほ》めてもらえる！

——でも万が一、殿下が部屋に戻ってきた場合はどうするつもり？　勝手に部屋に入っていたら言い訳できないよ？

アクティブな私とネガティブな私が心の中でせめぎ合う。

「……もし勝手に入っているところを誰かに見られたら、確実にやばいことになるよね」

なんて呟《つぶや》きつつも、私の足は殿下の私室がある方向へ歩き出す。

「まあ、とにかく部屋の前まで行ってみようかな……たぶん衛兵とかがいて、入れないってオチだと思うし」

だが私の予想とは異なり、途中の廊下には誰もおらず、私室の前にも衛兵はいなかった。

「嘘……」

キョロキョロと周りを見回して、そっとドアノブに手をかける。すると、カチリという音と共にドアが開いた。私は驚いてドアを閉め、一旦その場を離れる。

「マジ？」

衛兵がいないことにも驚いたが、ドアに鍵がかかっていないことのほうが驚きだ。

「どうしよう……鍵のかけ忘れ？　なんにせよ、こんなチャンス二度とないかも」

腹を括《くく》った私は、忍び足でドアの前に戻る。そして左右の通路を三度ずつ確認した。

「誰かが通ってくれたら、潔《いさぎよ》く諦《あきら》めがつくのに……こんなときに限って誰も通らないんだから！」

悪態を吐《つ》きながら、ドアノブを握る手に力を込めた。

ガチャッという音と共に簡単に開くドア。私は恐る恐る声をかける。

「お邪魔しまーす……」

初めて入った殿下の部屋は、意外と普通だった。華美でもなく質素でもない。

ドアを閉めて家探《やさが》しを開始する。もちろん『未来視《ヴィジョン》』を使いながらだ。まあテレビを見ながらスマートフォンをいじるような感じだと思ってくれたらいい。目でチラチラ見ながら音に注意して、何かあった場合は凝視《ぎょうし》するといった具合だ。

私はまず一番怪しい執務机の引き出しを漁《あさ》る。

「殿下、何もなかったら本当にごめんなさい！」

だが何も出てこない。出てくるのはレターセットや封蝋《ふうろう》用の印、それにインクくらいだった。

奥のほうに手紙が入っていたので、悪いと思いつつも開封する。

「えっと、なになに？　……殿下、愛していま——」

私はそっと手紙を閉じた。ものすごくプライベートなものだったからだ。

読んですみません。心の中でそう謝罪する。

他の引き出しを開けるも、怪しいものは一切ない。

「んー、おかしいなあ。殿下は犯人じゃないのかなあ……でも隊長が間違えるわけないよね？　だってチート隊長、じゃなくてシド隊長だもん」

まあチート隊長でも間違ってはいないか、なんて思っていると、『未来視《ヴィジョン》』の中でドアの開く音が聞こえたため、慌ててそちらを注視する。

「やばっ！　掃除のメイドさんがここに入ってくるじゃん……」

この辺りの廊下は左右にまっすぐ延びているため、今部屋を出たとしてもメイドさんに見られてしまうだろう。

私は特殊部隊の隊服姿であることを悔《く》やんだ。メイド服なら掃除をしていたふりをして、部屋から出ることも可能だったかもしれないのに……

迷ったあげく、私は部屋の中に隠れることを選んだ。

残り四十五秒！　急いで部屋を見回す。

「机の下、クローゼットの中、ベッドの下、バルコニー、つい立ての裏……よし、クローゼットの中にしよう!!」

隠れられそうな場所を全て挙げたあと、私はクローゼットを選んだ。

机の下やつい立ての裏は、角度によっては見えてしまうから却下。ベッドの下は見つかりにくいけれど反面隙間《すきま》が狭く、短い時間で完全にもぐり込めるか心配だった。バルコニーは外から見える可能性もあるし、万が一窓に鍵をかけられた場合、逃げ道がない。

幸い『未来視《ヴィジョン》』で視《み》たメイドさんは服を手にしていなかった。つまり洗濯した衣服を戻しに来たわけではないのだろう。それならクローゼットを開ける可能性は低い、そう睨《にら》んだのだ。

クローゼットに入って扉を閉め、洋服の裾《すそ》などが外にはみ出ている——なんて初歩的なミスがないかどうか確認する。

クローゼットの扉は木製の一枚板だが、中の空気を入れ替えるためか、ちょうど外を窺《うかが》える位置に穴が空いていた。

私は気配を悟られないように気をつけながら、その穴を覗《のぞ》く。するとガチャッという金属音がして、部屋のドアが開いた。

ギリギリセーフ……とホッとしていたら、メイドさんは中に入ってドアを閉めたあと、ソファーセットに座る。

「っ⁉」

思わず『はあっ？』と出かかった声を慌てて呑み込み、覗《のぞ》き穴から凝視《ぎょうし》した。

目の前の事態に集中できるように、一旦『未来視《ヴィジョン》』をやめる。

どういうこと？　もしかして……サボり？

このメイドさんは、殿下の部屋をサボりスポットとして常時利用しているのだろうか？　あの慣れた感じから、そうとしか思えなかった。

昼寝でもされたらどうしよう……熟睡してくれれば出ていけるけど、クローゼットの開く音で目を覚まされたら気まずすぎる。

——あっちも仕事サボってるんだし、見られても告げ口はされないって！

——でも、ここで何をしてたって言い訳すればいいのよ？

いやいや。見つかる前提で話を進めてもしょうがない。見つからずに部屋から出ればいい話だよ。

あのメイドさんも殿下が帰ってくる前に出てい——かなかった!!

驚愕《きょうがく》して目を見開く私の前には、ドアを開けて入ってきた殿下の姿が。

うぎゃあああああ！

と内心は大騒ぎだが、もちろん声には出していない。自分のこと以上に、目の前のメイドさんの運命が気になる。

だがそんな私の心配とは裏腹に、クローゼットの扉を一枚挟んだ目の前では、想像もしていなかった光景が繰り広げられていた。

「ユーリさま！」

「モリー！　約束通り来てくれたんだね！」

「もちろんですわ！」

抱きしめ合う二人……嘘でしょー!?

「ユーリさま、ここでの暮らし、お辛くありませんか？」

「僕は平気だよ。父にも異母弟《おとうと》にも感謝している。でもモリーのことを思うと辛いかな」

「ユーリさま……」

私は目の前の光景が信じられないでいた。……逢引《あいびき》だあああああ！

「ユーリさま、私とのことはまだ話していないんですか？」

「うん、ごめんね。……異母弟《おとうと》からは皇帝の兄として、それなりの貴族の娘を娶《めと》れと言われているんだ」

「ひどい……」

え？　何それ？　ヴィクトール陛下がそんなことを？

「僕はモリーを愛しているから、君と結ばれたい。それなのに、異母弟《おとうと》は愛人にしておけと言うんだ。平民ならそれで十分なはずだと……」

「ひどい！」

そう言ってメイドさん――モリーは殿下の胸にしがみつく。その肩が震えているから、泣いているのかもしれない。

「でも、それで陛下が許してくださるのなら……殿下が私を愛人として囲ったあと、奥さまを迎えなければ、実質私が――」

「僕もそう考えたさ。でも異母弟《おとうと》の見かけに騙《だま》されてはいけない。あの幼さで皇帝として他国の王侯貴族と渡り合っているんだ。……この件に関しても、厳しい条件を出してきたよ」

「どんな条件です？　私にできることならなんでもします。マナーを覚えろと言うのなら完璧になるまで練習しますわ。ダンスだって！」

殿下を見上げて必死に訴えるモリー。だが、殿下は寂しそうに首を横に振った。

「ありがとう、僕のためにそこまで言ってくれるのはモリーだけだ……」

「ユーリさま……」

モリーはポワンとした表情で殿下を見つめる。

「だけど、異母弟《おとうと》の出した条件はどうしても納得できないものなんだ」

「なんですか？　おっしゃってください」

「……君を愛人にする前に、異母弟《おとうと》の指定した相手と結婚すること」

その言葉を聞いたモリーは悲しみに顔を歪《ゆが》め、その場に崩れ落ちた。

それを優しく抱き上げ移動する殿下。

クローゼットの穴からでは確認できない位置に行かれてしまい、私は耳に全神経を集中させた。

「そんな……ひどすぎます！」

「ごめんね……僕に力があったら、強引にでも君を妻にできるんだけど……」

「いえ、ユーリさまは何も悪くありません。悪いのは、私たちの愛を認めてくれない陛下ですわ!!」

大きなため息のあと、何かがギシッときしむ音。どうやら二人はソファーに移動したようだ。

「異母弟《おとうと》はまだ幼いから、真実の愛がわからないんだ。きっとあと十年もしたらわかるよ」

「ユーリさまは優しすぎます！　十年なんて……その間にユーリさまは、貴族の娘と結婚させられてしまうんですわ！」

ユーリ殿下が苦笑する。

「そうかもしれない。でも覚えておいて。僕にはモリーが一番だ。僕に異母弟《おとうと》のような権力があれば、君を無理やりにでも僕のものにするのに……」

「ユーリさま……」

砂を吐きそうなほど甘いセリフに顔を歪《ゆが》める私と違い、モリーの声は天にも昇る心地と言わんばかりのウットリとしたものだった。

「おっとモリー、すまない。このあと異母弟《おとうと》と一緒に、隣国の姫君の相手をしなくてはならないんだ。名残《なごり》惜しいけど……」

その言葉で、さっき見た女の子を思い出した。きっと彼女のことだろう。

しかしそんなことを知らないモリーは、姫君と聞いて年頃の女性を想像したらしい。

「姫君?」

これまでとは違う硬い声音でそう言った。

「ああ……結婚相手として呼ばれたらしい」

「まさか!」

驚いて声をあげるモリー。これは絶対に誤解している。結婚相手といっても年齢的に考えて、殿下ではなく陛下のお相手だろうに。

だが、殿下はその誤解を解こうとしない。もしかして本当に……って、さすがに年の差ありすぎでしょ!

しばらくの間、沈黙が続いた。声だけで状況を把握しようとしている私にとって、沈黙というのはかなり怖い。何が起こっているのかわからないからだ。

それに静かな部屋だと、物音が響きやすい。私は緊張から荒くなりがちな息をひそめ、物音を立てないよう細心の注意を払う。

額に汗が浮かぶが、それを拭くことすら躊躇《ちゅうちょ》した。

「殿下は……それでいいのですか？」

不満そうなモリーの声。きっとモリーの中でヴィクトール陛下は、『私たちの仲を引き裂く悪者』なんだろう。

「異母弟《おとうと》とはいえ皇帝陛下だからね。いくら嫌でも逆らえないよ」

殿下の残念そうな声。

だが、何かおかしい。陛下の人柄を知っている私としては、ユーリ殿下の話は信じがたい。それに、わざと陛下を悪者にしているようにも聞こえる。

本当にモリーとの結婚を認めてくれないからなのか、それとも他の思惑からなのか。

「もし僕が皇帝なら、自分で相手を選べるのに……でもこればっかりはね。僕の皇位継承順位は第二位だし、異母弟《おとうと》に何かあっても『救国の英雄《サンティエール》』の子孫であるシド・サンティエール殿が皇位につくだろうから……」

「皇位継承順位……じゃあ……お二人がいなくなれば……？」

モリーは物騒なことを呟《つぶや》く。

これは明らかに誘導されている……そう思えてならない。

「こらこら、そんなことを考えただけで、不敬罪や反逆罪に問われてもおかしくないんだぞ？」

殿下はそう言いながらも笑っている。

「あの二人は仲がいいからね。異母弟《おとうと》は僕よりもサンティエール殿に懐《なつ》いているよ。それこそ暇を見つけたら、しょっちゅう会いに行っている」

「もしかして、今日も陛下はサンティエールさまの執務室へ？」

モリーの口調は、先程までとは違って妙に冷静だった。

「たぶんね。サンティエール殿は特別に配合した《ブレンドティー》お茶を振る舞ってくれるんだ、僕も異母弟《おとうと》についていって何度か飲んだことがあるんだけど、それが結構美味《おい》しくてね……癖になる味で、つい飲みすぎてしまうんだ」

恋人のモリーが相手だからか、ユーリ殿下は口が軽い。

「ブレンドティー……」

「うん。香りが強くて美味《おい》しいんだ」

「香りが……強い？　なら、何か入っていてもわかりませんね……危ないんじゃないですか？」

「大丈夫だろ。あの部屋には『救国の英雄《サンティエール》』の子孫がいるんだ。曲者《くせもの》が入り込んだらすぐにわかるだろうしね。ま、厨房《ちゅうぼう》で入れられたら、さすがにわからないと思うけど……おっと、しゃべりすぎたかな？　今話したことは二人だけの秘密だよ？」

「二人だけの秘密、ですね」

モリーの嬉しそうな声が聞こえた。見なくともわかる、きっと微笑んでいるのだろう。

「さて、残念だけどそろそろ戻らないと。顔合わせを勝手に抜け出してきたから怒られてしまう」

「……わかりました。私も仕事に戻らなくちゃ。最近よく皆から怒られるんです。でも私とユーリさまがそういう仲だって知ったら――」

クスクスと笑い声を漏らすモリー。

「まさか、僕との関係を話したのか？」

焦った声の殿下に対し、モリーは落ち着いている。

「とんでもない。私たちの関係を話していいのは一緒になってからだと、ユーリさまがおっしゃったのではありませんか！　その約束を違《たが》えるモリーではありませんわ」

殿下がホッとしたように息を吐き出す。

「ドアまで送るよ。本当ならきちんと仕事場まで送ってあげたいけど……ごめんね」

「いえいえ、ドアまででも私は十分すぎるほど幸せですわ」

そんな会話をしながらクローゼットの前を通り過ぎ、ドアへと向かう二人。

「じゃあね」

殿下が軽い音を立ててモリーの頬《ほお》にキスを落とす。

「ユーリさま……」

ぼうっとした目で彼を見つめながら部屋を出ていくモリー。

二人のやり取りが終わったことに、私はホッとした。いい雰囲気のままベッドに……なんてことになったらどうしようかと思っていたのだ。

でも……ラブシーンを見せつけられたというよりは、殿下が陛下を悪者に仕立て上げて、モリーをけしかけていたようにしか思えなかった。

それより、私はいつになったらここを出られるのか。そう思い、クローゼットに入ってから中断していた『未来視《ヴィジョン》』を再開する。

そして映し出された映像に、私は息を呑んだ。

理由はわからないが、なぜか殿下が私の隠れているクローゼットを開けているではないか!!

「嘘でしょ!」

叫びたいのをぐっとこらえて小さく呟《つぶや》く。そして、できるだけ音を立てないように反対側へと移動した。殿下の開けていた扉は、ちょうど私が隠れている側の扉だったからだ。

なんだってクローゼットの中は、こんなにも動きにくいのよっ!

吊るされたハンガーが音を立てないよう、洋服が擦《こす》れないよう、じわじわとしか動けない。

——お願い、間に合って!!

時間が迫りくる中、私の背中を嫌な汗が伝《つた》った。もしここでバレたら……そう想像するだけで恐ろしい。私はいざとなれば日本に還《かえ》れるが、シド隊長の責任問題にまで発展しては困る。そんなこと、絶対に阻止しなければ……

ちょうど反対側の奥まで到着したとき、扉の開く音がして光が差し込んだ。それと同時に、甘い香りがクローゼット内に広がる。おそらく殿下の香水か何かだろう。

私は動きを止めた。殿下に背中を向ける形になっているため、ちゃんと隠れられているのか不安だ。幸いクローゼットの中は洋服の数が多くて暗いので、見えていないことを祈るしかない。

そんな私の背後から、殿下のいつもと違った冷たい声が聞こえてくる。

「まったく、面倒くさい女だ」

さっきまでさんざん愛を囁《ささや》いていたとは思えない言葉に、思わず息を呑んだ。

「どうもモリーには『魅了《チャーム》』の効きがいまいちだな。従わせるためにいちいち身体に触れないといけないのも面倒だし、あいつを手駒に選んだのは失敗だったかもしれん。中途半端にあいつの意思が残るおかげで、直接的な命令が出せない。それらしい理由をつけて誘導するのもそろそろ限界だな」

チャーム？　手駒？　直接的な命令？

それらの言葉を聞いた瞬間、私の中である仮説ができあがる。

――殿下は『魅了《チャーム》』の異能持ちで、魅了した人間を手駒にし、陛下を暗殺しようとしている。

陛下が異能持ちであることを考えると、そうであったとしてもおかしくない。殿下に対して好意的なメイドさんが多いのも、そのせいなのだろうか？

『魅了《チャーム》』という力に関しては、以前吸血鬼のミカから少しだけ教えてもらった。確か乙女は効きが悪いと言っていたし、モリーも乙女なのかもしれない。……妙な親近感が湧いたのは内緒だ。

私の考えがまとまる前に、殿下は独り言を続ける。

「おそらく前回のヴィクトールへの襲撃は、モリーが勝手にやったことで間違いないだろう。矢で殺そうなどと……まったく余計なことをしてくれたもんだ。キッチンメイドであることを利用して、手っ取り早く毒でも使えばいいものを」

私は思わず叫びそうになった。

――確実に殿下が黒幕だ！

でも証拠がなかった。頭を掻きむしってこの悔しさを表現したかったが、今の状況ではそれもできない。私は音を立てずに済むよう、ただ唇を噛みしめた。

クローゼットから衣服を取り出す音のあと、ため息と共に扉が閉まる。

私はバレなかったことに安堵《あんど》し、ホッと息を吐き出した。

反対側の扉にもついていた空気穴から部屋を覗《のぞ》くと、上着を脱いでいる殿下が見えた。

「キッチンメイドのくせに香水なんてつけるから、洋服が安物の香水臭《くさ》くなったじゃないか。適当な嘘を吐《つ》いてあの場を抜け出してきたのに、こんな匂いをさせて戻るわけにはいかないからな……服を着替えた理由は、すれ違ったメイドに汚されたとでも言っておけばいいだろう」

なんてやつ……

「さて、今日の夕方が楽しみだ。どのような騒動になるのか……もし今回も毒以外の方法で失敗したなら、モリーは処分して違う女を使うことにしよう。最近ヴィクトールが懐《なつ》いているサンティエールのところの新人……あいつを魅了するのも楽しそうだ。信じる者に裏切られたヴィクトールの、悲しむ姿が目に浮かぶ」

楽しげに言うと、殿下は声をあげて笑う。その笑みはいつもの儚《はかな》げで優しそうな笑みではなく、欲にまみれた邪悪な笑みだった。

サンティエールのところの新人――それは私のことだろう。ここ四十年は新人が入っていなかったというから、確認するまでもない。私はユーリ殿下の卑劣《ひれつ》さに歯ぎしりした。

殿下は新しい上着にサッと袖を通すと、それまで着ていた服をぽいっとゴミ箱に投げ捨てた。

「洋服も女と同じだ。汚れたら捨てて、新しいものにすればいい。俺には、それだけの価値があるのだから……」

ふっと笑うと、殿下は部屋を出ていく。

ドアを閉じる音のあと、ガチャガチャッと金属的な音がした。

おそらく鍵をかけたのだろう。それしか考えられない。

「鍵が開いていたのは、かけ忘れたわけではなくて、モリーとの密会のためだったのね。ここなら人目につかないし絶好の場所だわ。というかモリーって……どこかで聞いたことのある名前だと思ったら、野菜の皮剥きをサボっていたメイドさんじゃないの？」

とんだ偶然だ。もしかしたら私が野菜の皮剥きに四苦八苦しているときも、こうして密会しながら犯行を企《くわだ》てていたのかもしれない。

とにかく、こうしてはいられない！

今すぐにでもクローゼットから出たかったが、念のため『未来視《ヴィジョン》』で六十秒後を映し出す。殿下が忘れ物でもして引き返してくることを警戒したのだ。

殿下が部屋に戻ってこないのを確認してから、ようやくクローゼットを出る。そして一歩部屋の外に踏み出した瞬間、先程感じた甘い香りが強く漂《ただよ》っていることに気づいた。

モリーの香水？　それとも殿下のだろうか？　でも以前殿下に会ったときは、こんな匂いしなかった。

あまり好きな匂いじゃない。甘ったるくて、なんだか落ち着かない気分になる。

「とはいえ、クローゼットの中にいるよりはマシかな？　……まさかこんなに長い時間閉じ込められることになるんて、思いもしなかったわ」

人が中に入ることは全く想定していない造りなので、暑いし狭いし埃《ほこり》っぽいし……散々《さんざん》だった。

無理な体勢を取っていたため、少々腰にもきている。

だが、ここでのんびりしている暇はない。私は忍び足でドアに近づき、ゆっくりとノブを回す。

だがガチンという音がして、それ以上は回らなかった。

「やっぱり鍵をかけていったのね……って、嘘でしょ⁉」

私はドアを見ながら呆然とした。

目の前の豪華なドアには、ノブ以外の突起物が見当たらない。つまり——中から開錠《かいじょう》するためのサムターンがないのだ。

「どういうこと⁉」

ドアを触《さわ》るが、もちろん指紋認証で開くはずはなく、センサーが反応して開くわけでもない。

「もしかしてこれって……内側から開けるときも鍵が必要なわけ⁉」

そう理解したところで、その鍵がなければどうしようもない。

「どうしよう……いっそ殿下が戻ってきて寝静まるまでここに——ううん、ダメだ」

私は自分の考えをすぐさま否定する。

「今日の夕方にモリーが何かするかもしれないから、それまでに戻って隊長に知らせないと……」

ここから出る方法を必死で考えた。

「ピッキング……？」

いやいや、できるわけない。

なんて思いつつも、じっと鍵穴を見つめる。南京錠《なんきんじょう》くらいならヘアピンで開けたことあるけど……でも鍵を開けて締めずに出たら、誰かが侵入したと殿下にバレてしまう可能性がある。

今日モリーが起こすであろう事件の際、殿下も一緒に捕まえることができればいいけど、もしできなかったらかなり警戒されてしまう。

とにかくここを出る方法を見つけて、さらに殿下が全てを裏で操《あやつ》っていたっていう確かな証拠を手に入れないと!!

殿下の自白を証拠として残せなかったことが悔《く》やまれる。とはいえ、この世界にはボイスレコーダーがないのだから仕方ない。

一瞬、ヒルダの『念写《ねんしゃ》』が証拠として使えるかもと思ったものの、写真だけでは単なるラブシーンにしか見えないだろう。

私の証言が証拠になるのかは怪しいが、ないよりはマシだ。少なくともシド隊長は信じてくれるはず。

私は脱出方法を考えつつ、部屋の中を徹底的に探すことにした。

部屋の中を漁《あさ》ること二時間。めぼしいものは全く出てこない。

普通なら暗殺を依頼する手紙とか指示書とか、あるいは仲間に裏切られないための血判状《けっぱんじょう》みたいなものがあってもおかしくないのに、何一つない。

「……『魅了《チャーム》』で人を意のままに操《あやつ》れるから、そういうものが必要ないのね。本当に厄介だわ」

机の中を漁《あさ》り、封が開いた手紙を一つ一つ確認しながら、私はため息を吐《つ》いた。

「ん？　これは……？」

引き出しの奥深くに隠されていた一枚の手紙を取り出す。見た目からして、これまで見つけたものとは明らかに違っていた。

他の手紙は封蝋《ふうろう》が押されていたり、香りがついていたりと、見るからに高級品ばかりだったが、これはとてもシンプルで簡素なものだ。

紙の表面はでこぼこのザラザラで、角も直角というには歪《いびつ》な形をしている。簡単に四つ折りにされただけで、封筒にも入っていない。

私はその手紙をそっと広げて目を通した。

「……これって、殿下のお母さんからの手紙？」

手紙に書かれた日付は今から約二年前。内容からして、おそらく亡くなる直前に書かれたものだろう。

手紙には、病気で余命がわずかなこと、殿下の将来を心配していること、城に殿下の存在を知らせる手紙を送ったことが淡々と綴《つづ》られていた。そして長い文章で、殿下のことを心の底から愛していると書かれており、最後は『一人にしてごめんね』という謝罪の言葉で締め括《くく》られていた。

また、手紙には殿下の『魅了《チャーム》』についても書かれていた。

殿下は力をうまく制御できず、それゆえ過去に何度も問題を起こしたことが窺《うかが》える。母親である彼女はそのことを危惧《きぐ》していたようで、城に入ればこれまでのような苦労はせずとも生活していけるのだから、その力を使わず、むしろ隠して普通に生きてほしいと書かれていた。

「これが証拠になるとは思えないけど、少なくとも殿下の力の証明にはなるよね」

手紙を上着のポケットに入れると、部屋を出ることにする。とはいえドアは鍵がかかっているから、残る出口はバルコニーしかない。

バルコニーへ続くガラスのドアを開け、下を覗《のぞ》き込む。

一瞬にして血の気が引き、私は無言でしゃがみ込んだ。

無理、絶対に無理。生身でここから飛んで無事なのはシド隊長くらいだろう。

この部屋は三階だが、ワンフロアごとの天井がとてつもなく高いので、実質六階くらいの高さに感じる。でも、ここしか出口はない。

「シーツを結んでロープを作る？」

考えただけで手汗がすごい。

「パラシュート？」

あるわけない。現実逃避はやめよう！

「……隊長召喚《しょうかん》？」

なんとなく、それが一番まともな案に思えた。

立ち上がり、下をキョロキョロと見回すが、それらしい人影はない。

「そうだよね、そんなタイミングよくいるわけないよねー」

でも特殊部隊の誰かが通りかかったら、上から物でも投げれば気づいてもらえるかもしれない。

この高さから物を落とすなんて危ないって？　大丈夫、隊員は皆頑丈だから。うん。

しかし、そんな都合のいい展開が起こるはずもなく、時間だけが過ぎていく。

「殿下は夕方って言ってた。もうあまり時間がない」

私は覚悟を決めると、一つ下の階のベランダに下り、そこから飛び降りるという作戦に出ることにした。

「シーツを使いたいけど……使ったらバレるよね」

大きなため息と共に、穿《は》いていたズボンを脱ぐ。さらに上着とシャツを脱いでズボンの両足にそれぞれの片袖を結び、一本の長いロープにした。

「あ！」

私は慌てて上着のポケットに手を入れ、殿下の母親の手紙を抜き取る。これを落としたら大変だ。

「でも、どこに入れておこう……」

今の私の格好は、パンツとブラとキャミソールのようなものだけ。

「……ここしかないよね？」

手紙を小さく折りたたむと、ブラの中に押し込んだ。

「ははは。ごわごわして痛いし、気持ち悪いけど、スパイにでもなった気分」

人の部屋に侵入して家探《やさが》しし、手に入れた証拠を胸の谷間――はないから下着の中に隠す。そして、アクション映画さながらに窓から脱出する。スパイごっこのようなものとはいえ、命がけだ。

私は覚悟を決めると、服を繋《つな》ぎ合わせたロープを手すりに引っかける。これを伝って下りていく作戦だ。

本当なら手すりに結びつけたいのだが、下に着いたとき引っ張って回収できなくなる。それだと私がここにいた証拠を残してしまうことになるので諦《あきら》めた。

下のバルコニーの手すりまで二メートルはありそうだ。ぶら下がりから着地まで、一度もやったことがないほどアクロバティックな動きをしなければならず、かなりの運動神経を必要とする気がした。

「やりたくないいいいいい」

そんな情けない声を出したあと、自分を奮《ふる》い立たせるために呟《つぶや》く。

「大丈夫……最悪生きてさえいれば、隊長がなんとかしてくれる！」

これを合言葉に頑張るしかない。

私は慎重に手すりの上にのぼり、ゆっくりと片足を外に出す。

怖い。めっちゃ怖い。尋常じゃない量の手汗で滑《すべ》りそうだ。

続いてもう片方の足も外に出した。

「もう、マジで勘弁してよね……ううっ」

半泣きになりながらも、ずっと文句を言い続ける。そうでもしなきゃ、怖くてできそうもなかった。

両手に自分の体重がかかり、あまり長くもちそうにない。この数ヶ月の厳しいトレーニングのおかげで少しは体力がついていたことを喜ぶべきか、悲しむべきか……

急ごしらえのロープを握りながら、少しずつ下りていく。もし手が滑《すべ》ったら下まで真っ逆さまだ。

「ダメダメ、考えちゃ！　できるできる！」

呪文のように「できるできる」と唱え続ける。すると下のバルコニーの手すりらしきものに、つま先が掠《かす》った。

「こっ、これかな？　よっ……」

真下が見えない——いや、見られない状況なので、なかなか手すりに足を乗せられない。

「でき、た!!」

どうにか右足が乗ったとき、下から大きな声がした。

「ルーシア!!　お前、何をやってるんだ!?」

「へっ？　……えええええあああああっ!!」

突然の声に驚いたと同時に足を踏み外し、私の身体は真っ逆さまに地面へ向かう。その重みで、手すりにかけていたロープが外れた。

悲鳴をあげて目を閉じる。迫りくる地面を見る勇気はない。

だが想像よりも少ない衝撃に続き、至近距離から怒号を浴びせられた。

「一体何を考えてるんだ！」

その声に目を開けると、そこにはシド隊長の顔があった。どうやら落っこちた私を、隊長がキャッチしてくれたらしい。

安堵《あんど》感と共に涙が押し寄せてくる。

「し、死ぬかと思いました……」

「こんな無茶をするやつがあるか！　俺が下にいなかったら確実に肉片になってたぞ」

私は抱きかかえられたまま、隊長の首にひしっと抱きついた。

「シド隊長！　もう、なんで登場の仕方までヒーローみたいなんですか⁉　格好よくてチートで英雄で有能でモフモフだなんて、どこまで私を萌えさせるつもりですか！」

張りつめていた感情が一気に溢《あふ》れ出す。泣くつもりはないのに、涙が零《こぼ》れて制御できない。

肩に顔を埋《うず》めて泣く私に、隊長はため息を吐《つ》くと、ポンポンと背中を優しく叩いてくれた。

それだけで、先程まで感じていた恐怖や絶望感が嘘のように消えていく。もう何があっても大丈夫、そんな安心感があった。

「隊長がたまたま下を通りかかって受け止めてくれたのって、すごい偶然ですよね」

「はあ？　何を言ってるんだ。偶然なわけないだろう」

隊長の言葉に、胸がどきりとする。

まさか私のピンチを察知して、飛んできてくれたとか……？

「お前一人に任せておくのは不安だったからな。俺も一緒に動くつもりで殿下の近くへ行ったが、あとをつけると言っていたはずのお前の姿がない。これはおかしいと思って、探しに来たに決まっているだろうが！」

ですよねー。そっちですよねー。

少し期待した私が馬鹿みたいではないか。私のときめきを返せ！

「……そもそも、なんで半裸《はんら》でバルコニーにぶら下がっていたのか説明しろ」

呆れたような声で聞かれ、私はハッとする。

――今、下着姿だったあああ!!

「す、すみません。説明の前に、服を着てもいいでしょうか……」

赤くなりつつ周りを見回す。だが、先程まで手にしていたロープがない。

「服とはあれのことか？」

シド隊長の視線の先を見れば、木の上に引っかかったズボンとシャツと上着が……

「その表情を見るに、お前のもので間違いなさそうだな」

隊長は私を地面に下ろすと、自分の上着を脱いで肩にかけてくれる。隊長の上着は大きく、身体をすっぽりと隠すことができた。

ふわりと香る隊長の匂い。ドキドキするのは、先程の興奮が抜けきっていないからだろう。

「魔法で取ってくれないんですか？」

私は照れを隠すように言う。

「はあ……今回だけだぞ」

ため息を吐《つ》いた隊長が指をぱちんと鳴らすと、木の上に引っかかっていた服が、ふわりと私の腕の中に落ちた。

「ありがとうございます！　あの……後ろを向いててもらえますか？」

今更ではあるが、一応、私にも恥じらいというものがあるのだ。

隊長が律儀《りちぎ》に後ろを向いてくれたので、急いでロープをほどき、服を着込んでいく。少しシワシワだけれど、半裸《はんら》でいるよりはましだろう。

「もう大丈夫です」

ありがとうございましたと言って、隊長が貸してくれた上着を返す。遠ざかっていく隊長の香り。少し寂しい気もしたが、そんな自分の感情に気づかないふりをした。

「で、説明してくれるか？」

隊長の言葉で、肝心なことを思い出す。

「あ!!　そうだ、隊長大変なんです！　実は――」

私は殿下の部屋で見聞きしたことを、手早く説明した。

魅了《チャーム》の力を話したところで、シド隊長が驚いた声をあげる。

「ユーリ殿下が能力者だと!?」

「ええ。その力で、人を操《あやつ》っているみたいです」

「確かなのか？」

「はい。殿下自身も『魅了《チャーム》が効きにくい』って言ってましたし、それにこれ……」

私は襟元《えりもと》を緩《ゆる》めてブラに手を入れ、手紙を取り出す。

「殿下のお母さんからの手紙だと思うんですが、これにも『魅了《チャーム》』について書かれてました」

褒《ほ》めてもらう気満々で手紙を差し出すが、隊長はなんとも言えない顔をしていた。

「ルーシア、色々ツッコみたいことはあるが、それはあとだ。……この手紙を読む限り、殿下は『魅了《チャーム》』をうまく使いこなせていなかったようだな」

「確かに今回操《あやつ》られているモリーも、若干暴走しているようには見えましたけど……」

でも、使いこなせていないというほどには見えなかった。

「まあ、それについてはあとにしよう。まずはヴィクトールさまを探す。お前も来るか？」

「もちろんです」

隊長はポケットから時計を取り出すと、それを渋い表情で仕舞いながら言う。

「ヴィクトールさまは、あと五分ほどで謁見《えっけん》の間を出られる予定だ。そのまま俺の部屋へ来られるだろう」

ここから謁見《えっけん》の間までは最短経路で十五分、隊長の執務室までは二十分だ。どちらに行くにせよ、とても間に合いそうにない。

「仕方ないな」

そう呟《つぶや》くと、隊長は光に包まれ、黒い狼に変化《へんげ》した。

「乗れ」

「え？」

「早くしろ！　それとも首根っこを噛まれて運ばれたいか!?」

牙を剥《む》いて怒鳴る隊長。私は慌ててその背にまたがる。

「飛ばすからな。しっかり掴《つか》まれ」

「はい！」

首に腕を回してしがみつく。いつもの狼姿よりも二回りくらい大きい気がする。だから私がこうして乗れるのだろう。

「……便利だなあ」

先程高いところから下りるために死ぬほど苦労した私としては、思うように姿を変えられる隊長の能力が心底羨《うらや》ましい。

「しゃべるなよ、舌を噛むぞ」

そう告げると、隊長は私の返事を待たずに走り出した。

――っ!?　嘘でしょおおおおお!!

ありえないスピードに恐怖を覚え、隊長に強くしがみつく。だが隊長は苦しいともなんとも言わず、変わらぬスピード……どころかますます加速した。

叫びたくても叫べないほどの速さ。意識を保っておくことだけで精いっぱいだ。

やがて隊長の足が止まる。いつの間にか瞑《つぶ》っていた目を開けると、そこは見慣れた隊長の執務室だった。

「間に合ったな。ヴィクトールさまが謁見《えっけん》の間を出るまで、あと四分ある」

「は、はい」

……あの距離を一分で走破《そうは》したってことですよね？　でも隊長と違ってチートじゃない私には、長くて過酷な旅でした。

隊長がクロの姿から人間へと戻っていく。いつもならもっとモフモフさせてと詰め寄るところだが、今はそんな気になれない。

「ルーシア、お前は『未来視《ヴィジョン》』に集中しろ。まずはモリーをこちら側に取り込む。あとから殿下も来るだろうから、二人が来る前に教えてくれ」

隊長は息切れどころか、汗すらかいていない。いつもと変わらず落ち着いた声で指示を出した。

「……殿下はわざわざ来るでしょうか？」

「来るさ。お前の話を聞く限り、かなり痺《しび》れを切らしているみたいだしな。それに……ヴィクトールさまの結婚話が出ている今、なおさら焦っているだろう。必ず様子を見に来るはずだ」

「わかりました」

ようやく落ち着きを取り戻した私は、しっかりと返事をする。

「それと……ルーシア、こちらに来い」

呼ばれた私は隊長のもとへ急ぐ。のんびり歩いていては、四分などあっという間に経ってしまう。

「これを覚えているか？」

隊長が懐《ふところ》から取り出したのは、私が以前いたずらで結んだ赤いリボンだった。

「私のリボン、ですよね？」

返してくれるのだろうか？　まさかこのタイミングで説教なんてことはないはずだ。

「ああ。返すのを忘れていたからな……後ろを向け。結んでやる」

「え？　そんな時間――」

断ろうとした私を、シド隊長が低い声で一喝《いっかつ》する。

「つべこべ言わずに向け！」

「はいっ！」

慌てて回れ右をする。すぐ傍《そば》でシュルっとリボンの擦《こす》れる音がした。

隊長の手が髪の毛に触れるたび、身体がゾクゾクする。

まるで毛先にまで神経が通っているかのように敏感になっていた。

「よし、これでいいだろう」

「ありがとうございます。……でも、どうして今なんですか？」

私が質問すると、隊長は意味深に笑う。

「お守りみたいなものだ。やばいと思ったときは、お前が一番愛している者を思い浮かべろ。名を呼べたら呼んでもいい、そのほうが強力だ」

「愛している者……」

そう呟《つぶや》いた私に、隊長はニヤリとしながら言う。

「俺でもいいぞ？」

「もう！　こんなときにからかわないでください!!」

そう言って怒ると、隊長は肩を竦《すく》めた。

「からかっているわけではないんだが。……まあいい。そんなことを言っている場合ではないからな。操《あやつ》られている者が判明したからには、またとないチャンスだ。必ず今日で片《かた》をつけるぞ」

シド隊長の静かな、しかし決意に満ちた声に、私はゆっくりと頷《うなず》いた。

第八章　ねじれた想い

「隊長。およそ六十秒後、陛下とリュシアン侍従武官《じじゅうぶかん》が来られます」

私は『未来視《ヴィジョン》』で視《み》えた出来事を、隊長に伝える。

「わかった。ヴィクトールさまには俺から話をする。ルーシアは引き続き『未来視《ヴィジョン》』を頼む」

「はい」

六十秒後、私の『未来視《ヴィジョン》』通り、陛下たちが部屋を訪れた。今は執務室の奥にあるソファーに座り、隊長が事のなりゆきを説明している。

幼い陛下に異母兄《あに》の裏切りを伝えるべきかどうか、隊長は迷っていた。だが、結局伝えることを選んだようだ。

『隠したとしても、いつか必ず露見《ろけん》する。それなら今、俺から話す』

隊長はそう言った。

今回の任務が成功したら、殿下を牢に入れることになる。彼が突然消えれば、陛下だって変に思うだろう。その理由を噂《うわさ》で聞くよりは、信頼しているシド隊長から直接教えられたほうがいいに決まっている。

とはいえ私はまだ幼い皇帝の反応が気になり、『未来視《ヴィジョン》』を行《おこな》いながらも、視界の端でチラチラと様子を確認してしまう。

「兄上が……」

驚いたような、信じられないような表情で固まり、それ以上は何も言わない陛下。言わないのではなく、言えないのかもしれない。

代わりにリュシアン侍従武官《じじゅうぶかん》が割って入った。

「まさか！　信じられません！　ユーリ殿下は陛下を心配しておいででした。私にも『陛下をしっかり護衛せよ』と念を押されたほどです」

これまで何があっても彫像《ちょうぞう》のように動かなかった彼が、珍しく興奮している。

……もしかしてこいつも殿下に魅了されてるんじゃないだろうな？　と疑ってしまう。

「いや、間違いない。『傍《そば》にいたのに守り切れなかった』と言って、お前を批判の矢面《やおもて》に立たせるつもりだったんだろう。そうすれば殿下には同情票が入る」

シド隊長は陛下へ見せた配慮など一切なしに、ズバリと告げた。

「まさか……」

愕然《がくぜん》とした表情のリュシアン侍従武官《じじゅうぶかん》を無視して、隊長は陛下に向き直る。

「ヴィクトールさまは、殿下の能力について何かご存じでしたか？」

隊長は労《いた》わるように優しく、陛下の肩に手を置いた。

「兄上の能力ですか？　……すみません、聞いたことはありません。僕の『能力開花《フィトリトゥーラ》』について話をしたときも、兄上は『そんな能力があるんだ、すごいね』と言っただけで、自分のことは何も……」

「なるほど」

シド隊長は納得したように頷《うなず》く。それを見た陛下が不安げに尋ねた。

「……兄上が暗殺を企《くわだ》てたのは、やはり僕のせいでしょうか？」

「まさか、ヴィクトールさまは悪くありません。おそらくヴィクトールさまに触れたことで、殿下はこれまで使いこなせなかった『魅了《チャーム》』の力をうまく扱えるようになったのでしょう。そして、それを使って皇位を簒奪《さんだつ》しようと思いついた。ヴィクトールさまに自分の力のことを話さなかったのは、わざとかもしれま――」

「隊長！　モリーが六十秒後、ワゴンを押して部屋に来ます！」

私は申し訳ないと思いつつも、二人の会話を遮《さえぎ》った。

「わかった。ヴィクトールさま、話はあとにしましょう。結界を張ってある奥の部屋から一歩も出ないでください」

陛下は黙って頷《うなず》いた。そして隊長に促《うなが》されるまま奥の部屋に入る。

一緒に入ろうとしたリュシアン侍従武官《じじゅうぶかん》を隊長が止めた。

「お前はここに残れ」

「なぜです」

「お前とヴィクトールさまは、いつも行動を共にしているからな」

「ですから私も奥へ――」

二人の話はなかなかまとまらないが、時間は待ってはくれない。

「残り三十秒です！」

私はそう告げつつも、さらに『未来視《ヴィジョン》』を続ける。

「わかった」

隊長は短く返事をすると、何やら小さな声で呟《つぶや》き始めた。すると白い光が隊長の身体を包み込む。

そして光が消えたとき、その場に立っていたのはシド隊長ではなく、なんとヴィクトール陛下だった。

「へ!? あ、あれ？ え？」

「ルーシア……お前はもう何もしゃべるな。俺のことをうっかり『シド隊長！』なんて呼びかねんからな。そんなことになれば計画は台無しだ」

陛下の姿はしているが、その口調は紛《まぎ》れもなくシド隊長のものだった。

「隊長、ですよね？」

「口を利《き》くなと言っている。わかったか!?」

「は、はい!!」

私の返事に、陛下の姿をした隊長は頷《うなず》きながら笑った。

──か、可愛い……シド陛下、くっそ可愛い……

「侍従武官《じじゅうぶかん》、これでお前にも意味がわかっただろう？ 安心しろ、ヴィクトールさまのいる部屋は安全だ」

驚いた表情ではあるが、コクリと頷《うなず》いたリュシアン侍従武官《じじゅうぶかん》は、いつもの立ち位置へと移動する。

ちょうどそのタイミングでドアがノックされ、私とシド陛下は黙って顔を見合わせた。きゅっと気を引き締め、ドアのほうに声をかける。

「はい」

「お茶をお持ちいたしました」

私がドアを開けると、メイドのモリーがワゴンを押しながら部屋に入ってきた。

手慣れた様子でお茶を淹《い》れ、テーブルにお菓子を置く。全てが整うと、モリーは退室しようと恭《うやうや》しく頭を下げた。

その様子からは、彼女が『魅了《チャーム》』にかかって操《あやつ》られているだなんて、全然わからない。それほどに自然だった。

仮に殿下とモリーの会話を聞いたのが自分でなければ、目の前の少女が陛下の命を狙っているなど、到底信じられるものではない。よく隊長は私を信じてくれたな、と感心してしまう。

なんとなく感謝を込めた視線を送っていると、シド陛下がゆっくり口を開いた。

「モリー、だったかな？　ありがとう」

その演技は完璧だった。どこからどう見ても陛下にしか見えない。

突然声をかけられたモリーは、ビクッと肩を震わせたあと、深々と頭を下げた。

「お茶を淹《い》れるのが上手なんですね。いい香りが出ている。……城勤めは長いのですか？」

陛下の問いかけに答えていいのかどうか迷った様子のモリーは、助けを求めるように私を見た。

私が頷《うなず》いてみせれば、彼女はおずおずと答える。

「お、恐れ多いお言葉にございます。このお城には、一年ほど前から勤めさせていただいております」

「そうなんだ……。モリー、ちょっとこっちに来てくれるかい？」

お茶のカップをテーブルに戻したシド陛下は、怪しげな笑みを浮かべてモリーを見つめる。

「は、はい。な、何か……？」

モリーは言われるまま、フラフラとシド陛下のほうへ歩いていく。そして椅子に座ったまま足を組むシド陛下の足元に跪《ひざまず》いた。

シド陛下の瞳を見ていると、なんだか私もそちらへ行きたくなってしまう。

そのとき、突然パンッと手を叩く音が聞こえた。

私はハッと我に返る。

な、何が起こったの？　もしかして……隊長に魅了された？

皇帝の血を引く殿下が『魅了《チャーム》』の力を持っているのだ。『救国の英雄《サンティエール》』の子孫であり、同じ血を引く隊長が持っていたとしてもおかしくない。

……まさか隊長は、殿下のかけていた『魅了《チャーム》』を上書きして解いた？

それを裏付けるように、モリーは先程までとは少し違った様子を見せている。夢から覚めたような表情で、キョロキョロと辺りを見回していた。

「具合はどうだ？」

隊長の問いかけに思わず返事をしそうになったが、「えっ？」というモリーの声が聞こえたので、喉《のど》から出かかった言葉を慌てて呑み込んだ。シド陛下の問いかけは、私ではなくモリーに向けたものらしい。

「も、申し訳ございませんっ」

その場でがばりと土下座をしたモリーに、私の目は点になる。

な、何がどうなってるの？

「お前、今までの記憶があるのか？」

「は、はい……夢を見ていたような感じですが、覚えてはいます」

「驚いたな……しかし、それはこちらにとって都合がいい。自分がしでかしたことの重大さもわかっているだろう？」

シド陛下がそう尋ねると、モリーは真っ青になって震えながらも頷《うなず》いた。

「我々に協力するのなら、お前の罪を軽くしてもらえるようヴィクトールさまに進言してやろう。どうだ？」

「陛下に進言……でございますか？」

モリーは首を傾《かし》げているが、無理もない。中身が隊長だと知らないのだから。

シド陛下は鼻で笑う。

「馬鹿め。本物のヴィクトールさまを、お前たちの前に出すわけがないだろう」

ああ、陛下の顔にそんな邪悪な笑みを浮かべないでください。ほら、モリーもドン引きしてるじゃないですか。

それでもなんとか気を取り直したモリーは、覚悟を決めたように頷《うなず》いた。

「わかりました。私にできることならなんでも致します」

「ならば、お前には殺人犯になってもらおう」

「え？」

私とモリーの声が重なった。シド陛下は呆れたように私を見る。

「ルーシア、殿下はまだ来ないのか？」

「は、はい」

「そうか、だが必ず来るはずだ。視《み》えたらすぐに報告しろ」

「はい！」

シド陛下は椅子に座り直し、先程モリーが淹《い》れたお茶を二口ほど飲む。

それを見たモリーは真っ青になり、私は思わず叫んだ。

「隊長！　それ毒が――」

「……ルーシアさん？　隊長ってなんのことですか？」

にっこりしながら言うシド陛下の目は笑っていない。瞳孔《どうこう》が開いてて怖いです。すみません。鳥頭《とりあたま》でごめんなさい。

ペコペコと頭を下げる私を見て、シド陛下は片側の口角だけを吊り上げる。呆れたと言わんばかりの笑みは、隊長の癖だ。そして、なんだかんだ言いながらも結局許してくれるときの表情だった。

「まあいい。俺のことを心配したんだろう？　ルーシアは本当に俺が好きだな」

からかうように言われたが、私はその言葉にドキリとした。

――隊長が、好き？

そ、そりゃ嫌いじゃないけどさ……

隊長の第一印象は私の愛するクロそのものだったし、人間姿のときだってピンチに格好よく登場して助けてくれる。

それになんだかんだ言っても結局優しいし……そりゃ意地悪なときもあるけどさ。

正直、私はこれまで男の人と、こんなに親しくしたことがない。男の人と一晩過ごしたのも、お姫さま抱っこされたのも、下着姿を見られたのも、髪を括《くく》ったのも、全部初めてだ。

もちろん働いていた会社にも男性はいたが、私の部署は女性が九割を占めている。残る一割は定年間近のバーコードヘア部長と嫌味課長にキザ係長だ。特に親しく付き合いたいと思う人たちではなかったので、最小限の接触しかしてこなかった。

シド隊長はその人たちよりもはるかに年上だし、地位も上だけど……どうしてこんなに身近に感じるのだろう。

理由はわかっていたが、私はそれ以上考えないようにした。

きっと、さっき隊長にかけられた『魅了《チャーム》』の効果が残っているのよ……そうでなければ、あとで自分が辛いだけだ。

「安心しろ。俺が毒で死ぬような柔《やわ》に見えるか？」

「全然。むしろ体内で新しい毒を精製しそうに見えます」

動揺を悟られないようわざと憎まれ口を叩くと、シド陛下は作り笑いを浮かべた。……だからそれ、怖いってば。

「ルーシアとは、あとで話し合う必要がありそうだな」

「エ？　ソンナヒツヨウナイデスヨ？」

私の返事にため息を吐《つ》いたあと、シド陛下はカップを手放す。床に落ちたカップは音を立てて割れ、零《こぼ》れたお茶がラグに染みを作った。

ひいいいい！　隊長がご立腹？　カップに八つ当たり？

なんて私が真っ青になったとき、ちょうどいいタイミングでユーリ殿下の姿が『未来視《ヴィジョン》』に映った。

「あ!!　殿下が来ます！　六十秒後です！」

「よし。いいなお前たち、しくじるなよ？　あくまで自然にな？」

そう言って私たち三人をひと睨《にら》みしたあと、シド陛下は床に倒れ込んだ。その姿はどこからどう見ても、毒に苦しみながら倒れたようにしか見えない。

顔色といい、泡を吹いた口といい、開いた瞳孔《どうこう》といい……演技だとわかっていても、トラウマになりそうです。

事実、モリーは青くなって震えている。いや、モリーだけではない。私もリュシアン侍従武官《じじゅうぶかん》も、その衝撃的な絵面《えづら》に息を呑み、固まっていた。

そこでユーリ殿下が部屋に入ってきた。

「ヴィクトール陛下、遅れて申し訳ありません。仕事が少し長引いてしまって——」

殿下は笑いながらそう言ったものの、部屋の惨状《さんじょう》を一目見るなり、シド陛下のもとに駆け寄った。

「ヴィクトール陛下⁉」

上半身を抱き起こして揺するが、シド陛下は全く反応しない。するとユーリ殿下はシド陛下の胸の辺りに耳をつけた。

「……ダメだ……止まっている」

嘘⁉　これって演技なんだよね⁉

私は隊長の実力を信じつつも、顔が強張《こわば》るのを止めることができなかった。

「いや待て！　微《かす》かに動いている……」

その言葉に、私はホッと息を吐く。

「おい、お前たち、これはどういうことだ‼　なぜヴィクトール陛下がこんな状態になっている⁉

リュシアン侍従武官《じじゅうぶかん》、お前がここにいながらどうしてこうなった⁉」

リュシアン侍従武官《じじゅうぶかん》はなんと説明したらいいかわからないようで、ただ謝りながら頭を下げた。

「も、申し訳ありません」

「申し訳ないで済むと思うのか⁉　……まあいい、お前の処罰についてはあとだ。それより今はヴィクトール陛下をお助けせねば。この状況から見て、お茶に毒が入っていたのは一目瞭然《いちもくりょうぜん》。おい、そこのメイド、お前がお茶を淹《い》れたのか？」

モリーを睨《にら》みつけながら問い詰めるユーリ殿下。その姿は、自室で愛を囁《ささや》いていた殿下と同一人物には見えなかった。

きっと殿下はモリーがまだ『魅了《チャーム》』にかかっていると思っているのだろう。だから多少の抵抗はされても、最終的には自分の思うがままに操《あやつ》れると考えているのだ。

「侍従武官《じじゅうぶかん》、このメイドを捕らえよ。抵抗するようなら、この場で切り捨てても構わん」

その言葉に、リュシアン侍従武官《じじゅうぶかん》はひとまず従う。モリーを捕まえるが、さほど力は入れていないようだ。

暴れることなく素直に捕まったモリーを見て、ユーリ殿下は少し不満げに眉根を寄せた。

「……ところで、この部屋の主《あるじ》はどこに行ったのだ？　『救国の英雄《サンティエール》』の子孫殿がいたら、こんなこと容易《たやす》く防げただろうに。おい、お前……確かヴィクトール陛下のお気に入りの特殊部隊員だな。名前は？」

「ルーシア・ベッカーです」

「そうか……ルーシア、隊長はどこに行ったんだ？」

そう聞かれ、私は困ってしまう。あなたの腕の中ですよ、とは言えないからだ。

「隊長は仕事があって、少し席を外しています」

「……このタイミングでか？　以前もヴィクトール陛下はここで狙われた。偶然で済ませるには、いささか無理があるんじゃないか？」

ユーリ殿下はシド陛下をそっと床に下ろすと、私に歩み寄って優しく肩を叩く。そして真正面から顔を覗《のぞ》き込んできた。

「ルーシア、君もそう思うだろう？　サンティエール殿も関与していると」

先程殿下の部屋でも嗅《か》いだ、甘い匂いに包まれる。なんだか嫌な感じがした。

「……隊長は、そのような人ではありません」

「上官だからって庇《かば》わなくてもいいんだぞ。ルーシア」

さらに強くなる甘い匂い。それに酔ったように、私はぼうっとし始めた。

なんか、このままじゃやばい……？

「そこのメイドが実行犯なのは明らかだが、きっと黒幕はサンティエール殿さ。メイドが自供したら、君はそれを裏付けるだけでいいんだ。ルーシア、わかったかい？」

お酒に酔ったときよりもずっと深い酩酊《めいてい》感。殿下の声が心地いい……。

これ、本当にやばいんじゃないの？　もしかして『魅了《チャーム》』？

微《かす》かに残っていた理性がそう告げる。それと同時に隊長の言葉がよみがえった。

――『やばいと思ったときは、お前が一番愛している者を思い浮かべろ。名を呼べたら呼んでもいい、そのほうが強力だ』

今が最後のチャンスかもしれない。私は必死で好きな人を思い浮かべる。

――お父さん？　お母さん？　お兄ちゃん？　明人？　それともクロ？

だが、一向に何も起きない。

隊長は『好きな人』ではなく、『愛している人』と言った。もちろん家族もクロも大好きだが、

『愛している』というのとは少し違う。

私は自分の気持ちをごまかすのをやめた。この期《ご》に及んで四の五の言っていられない。

すでに意識が限界を迎えつつある。私は最後の力を振り絞ってなんとか口を開いた。

「シド隊長……シド・サンティエール！」

その途端、パチンと何かが弾《はじ》ける音がした。私を取り囲んでいた甘ったるい匂いが完全に消え、まるで浄化されたように清涼な空気に包まれる。

そしてパサリという音と共に、切れたリボンが床に落ちた。

「これ……お守りって、そういうことか……」

きっと隊長は殿下が『魅了《チャーム》』を使って、私を取り込もうとするところまで予想していたのだ。だから、これを渡したのだろう。

あの甘い匂いは『魅了《チャーム》』の力だ。つまり殿下は、モリーとの密会中にも力を使っていた。私があのとき無事だったのは、クローゼットの中にいたからかもしれない。もし違う場所に隠れていたら……

かなり危険な状態であったことに、今更ながら気づいた。

「……ルーシア？　どうしたんだい？　そうだよ、共犯者はシド・サンティエールだ。でもそれは僕にではなく、取り調べをする兵士に言うんだよ？　わかったかい？」

ユーリ殿下は私の言動を怪訝《けげん》に思いつつも、自分にとって都合のいいように解釈してくれたらしい。よほど自分の『魅了《チャーム》』に自信があるのだろう。

「……わかりました」

私は『魅了《チャーム》』にかかったふりをする。モリーも表面上は何も変化がないので、たぶんバレないだろう。このまま演技を続けて、殿下の口から決定的な言葉を引き出したい。

「そうか、ありがとう。ヴィクトールとサンティエールがこうなってしまった以上、僕が皇位を継がなくてはならない。きっといい皇帝になると約束するよ。……侍従武官《じじゅうぶかん》はそのメイドを処刑しろ。サンティエールも見つけ次第、殺すんだ。魔王のいない今の世に、英雄は必要ない」

その言葉にカチンときながらも、私は日本人らしさを生かし、感情を表に出すことなく淡々と告げる。

「すぐに特殊部隊の治療班を呼べば、ヴィクトール陛下は助かるかもしれません。……そのような話をするのは、時期尚早《しょうそう》なのではありませんか？」

「先程聞いたヴィクトールの鼓動は、止まっているかと思うほど弱々しかった……きっと助からないだろう。それなら苦しみを長引かせず、このまま安らかに逝《い》かせてあげようと思うんだ」

確かに、愛する人を苦しめたくないがゆえに、そういった選択をすることもある。

だが殿下の場合、そんな理由だとは到底思えなかった。むしろそれとは真逆――殿下に生き永《なが》らえられては困るからだろう。

「ですが……わずかでも助けられる可能性があるのなら、その可能性に懸けてみないと！　見殺しにしたなんてことがバレたら、私たちも罪に問われてしまいます」

私がシド陛下に近寄ろうとすると、ユーリ殿下は腕を掴《つか》んでそれを止めた。

「ここにいるのは君と僕。それに陛下殺しの大罪人と、陛下を守りきれなかった能無しの侍従武官《じじゅうぶかん》だけだ。大罪人は処刑されるし、名誉を失った侍従武官《じじゅうぶかん》の話など誰も聞かないだろう。君と僕だけが事実を知っていればいいんだ」

そう言って殿下は優しい笑みを浮かべた。たぶん、あの甘い匂いが出ているのだと思う。幸い今の私には、もうその匂いは届かないが……

「ルーシア、もし君が罪に問われたとしても、僕が皇帝になったら必ず守ってあげるから。それとも、僕の言うことが聞けないのかい？」

これって、もう証拠として十分なんじゃないの？　自白とまではいかないけど、陛下を助ける意思は全くないし、見殺しにしろと強要してるんだもん。

でも……私一人でどうすれば？

リュシアン侍従武官《じじゅうぶかん》を見ると、何かに耐えるような表情を浮かべていた。斬りかかりたいのを必死にこらえているといった感じだ。これは……うん、ダメだな。協力させたが最後、絶対殿下を殺すだろう。こめかみに浮かんだ青筋がそう物語っている。

やっぱり、私一人でなんとかするしかないか……

そんなことを考えていると、なんと奥の部屋から本物のヴィクトール陛下が姿を現した。

「兄上……」

「なっ、ヴィク、トール……？」

殿下は驚愕《きょうがく》の表情で、倒れているシド陛下とヴィクトール陛下を交互に見る。

すると、それまでずっと動かなかったシド陛下がむくりと起き上がった。

「やれやれ……部屋から出てはダメだと言ったでしょう？」

「な……お前は……？」

「リュシアン侍従武官《じじゅうぶかん》、ユーリ・オルゲルト・ルド＝ラドナをただちに拘束しろ」

隊長の一声で、すぐに行動に出る侍従武官《じじゅうぶかん》。その動きは素早かった。あっという間に殿下を拘束し、無力化してしまう。

だが直後、信じられないことが起きた。

「無礼者！　放せ！」

その殿下の一喝《いっかつ》で、なんと侍従武官《じじゅうぶかん》が力を緩《ゆる》めてしまったのだ。

彼は生粋《きっすい》の貴族らしいから、自分より高貴な人に一喝《いっかつ》されて、咄嗟《とっさ》に力を緩《ゆる》めてしまったのかもしれないが……冗談じゃない！

「あっ！」

私の目の前で、ユーリ殿下がドアノブに手をかけた。

だがドアが開いても、外に通じてはいなかった。というより副隊長のオルソが、道を塞《ふさ》ぐように仁王立ちしていたのだ。

「どこに行くつもりだ？」

普段決して聞くことのない、オルソの低い声。

彼をよく知っている私ですら一瞬恐怖を感じたのだ。オルソの人となりを知らない殿下にとっては、野生の熊に出くわしたようなもんだろう。床に尻餅《しりもち》をついて後ずさっている。

その脇から白銀の塊《かたまり》が飛び出して、殿下を地面に縫《ぬ》いとめる。

アルダだ。もちろん狼姿である。

彼は殿下の身体にのしかかるようにして、器用に腕を押さえ込む。普段は見えない爪をラグに食い込ませ、牙を剥《む》いて殿下を威嚇《いかく》していた。

「ご苦労だったな。万が一の保険のつもりだったんだが、まさか本当に逃げ出すとは」

シド陛下はそう言いながら、姿を元に戻した。

「いやあ、こちらも『え？　本当に開けちゃうの？』という感じでしたよ……どうしますか？」

そう聞くオルソの視線の先には、アルダに押さえ込まれて完全に戦意喪失《そうしつ》している殿下。まあ、顔から十センチにも満たない距離で狼が牙を剥《む》いているのだ。無理もない。

「この場から逃走を図ったことで、罪が確定するまで屋敷に蟄居《ちっきょ》――とは言えなくなったな。塔の最上階に案内して差し上げろ」

隊長の言う塔というのは、高貴な罪人を幽閉《ゆうへい》する場所だ。地下牢よりはマシだろうが……ほぼ自由はない。

隊長は寝転がっている殿下に侮蔑《ぶべつ》の眼差しを向け、淡々と口にする。

「ユーリ・オルゲルト・ルド＝ラドナ。皇帝陛下暗殺未遂および皇位簒奪《さんだつ》を企《たくら》んだ疑いで、身柄を拘束させてもらう」

「な、何を言っている？　お、俺じゃない!!　全部お前が企《たくら》んだことだろう!!　ルーシア!!　陛下にお伝えするんだ、真の黒幕を!! 早く!!」

ユーリ殿下は私を見て必死に命令する。

私はヴィクトール陛下の顔をちらりと窺《うかが》った。

こんなことを皇帝とはいえ、まだ子供の彼に告げるのは辛いが……仕方ない。

「……ヴィクトール陛下。あなたの異母兄《あに》であるユーリ・オルゲルト殿下は、皇位簒奪《さんだつ》をもくろんでいたばかりか、シド・サンティエール隊長、リュシアン・マクミーナ侍従武官《じじゅうぶかん》……つまり陛下が信頼している者たちをも貶《おとし》めようとしていました」

私の報告を聞いたユーリ殿下は、顔を真っ赤にして叫ぶ。

「う、嘘だ!! その女は嘘を吐《つ》いている!! ぼ、僕がそんなことするはずがない!!」

アルダが唸《うな》ってやめさせようとしたが、隊長がそれを目で制した。

「ヴィクトール、信じてくれないのか? 母が違うとはいえ兄弟じゃないか!」

悲しげな顔をする陛下に、ユーリ殿下は縋《すが》るような表情を向ける。そんな殿下の望みを絶つかのように、シド隊長は事実を告げた。

「ヴィクトールさまはずっと隣の部屋におられた。これまでの会話を、全てご自身の耳でお聞きになっている。今更何を言っても無駄だ」

「そ、それもこいつらの策略だ! 僕は……そうだ、僕は嵌《は》められたんだ! 信じてくれ、ヴィクトール!」

陛下は目を瞑《つぶ》って大きく深呼吸したあと、隊長をまっすぐに見た。

「……シド、兄上を連れていってください」

「なっ――」

納得できない様子のユーリ殿下がさらに何か言おうとしたが、それを隊長が遮《さえぎ》る。

「黙れ、見苦しい」

そう一喝《いっかつ》したあと、呪文のようなものを唱えて指を鳴らす。すると隊長の手のひらから黒いモヤのようなものが出現し、ゆらゆらと揺らぎながら殿下のほうへ向かった。それは驚きのために開かれていたユーリ殿下の口に入り込む。

殿下は慌てて吐き出そうとしたが、当然出てくるはずもない。怒りでさらに顔を真っ赤にした彼が何かを呼ぶ。

「――、――!!」

だが、その声は聞こえない。まるで陸にあげられた魚のように、口をパクパクさせているだけだった。

……隊長って、超怖い。

「ようやく静かになったな。……ヴィクトールさま、改めて申し上げますが、先程のルーシアの話は嘘ではありません」

「わかっています」

陛下は静かに頷《うなず》いた。だが、その手を白くなるほど握りしめている。母が違うとはいえ、実の兄に命を狙われていたのだ。辛くて当然だろう。

「ユーリ・オルゲルトの身柄は特殊部隊で預かります」

その隊長の言葉に不満げな声をあげたのは、ずっと黙っていた侍従武官《じじゅうぶかん》のリュシアンだ。

「いや、身柄はこちらで――」

「一度取り逃がした時点で、お前にその権利はなくなった」

グッと言葉に詰まる侍従武官《じじゅうぶかん》。まあ、言い訳のしようもないだろう。

「それに万が一、また『魅了《チャーム》』を使われた場合、お前では対処できないだろう？」

「だが、それはそちらも同じでは？　事実、その女性隊員も魅了されかけていたようだし」

私のことですね！　はい、その通りです。隊長のお守りがなかったら危なかったです。

……とはいえ、自分の不手際を棚に上げてよく言う。やっぱり嫌いだ、この人。

「まあな。だがこちらには『魅了《チャーム》』の専門家がいる。いわゆる夜の一族だ。人間の『魅了《チャーム》』など彼らには効かないはずだ」

この世界ではサキュバスや吸血鬼などを、夜の一族と呼んでいるらしい。確かにキアさんやミカに『魅了《チャーム》』で勝負しても勝てないだろう。

さすがにこれには反論できなかったのか、侍従武官《じじゅうぶかん》は渋々《しぶしぶ》了解した。

「……わかりました」

「ミカを呼び戻すまで一時間ほどかかる。その間は俺が見ておこう。塔に閉じ込めたあとは誰も近寄るな。魅了されては厄介だからな」

「わかりました」

リュシアン侍従武官《じじゅうぶかん》に代わり、オルソが返事をした。

「侍従武官《じじゅうぶかん》、お前はヴィクトールさまを頼む。それがお前の本来の仕事だろう」

リュシアン侍従武官《じじゅうぶかん》はハッとしたように頷《うなず》いた。そして心配そうに陛下を見つめる。彼も彼なりに、自分の職務を頑張って務めようとしてるらしい。

隊長は陛下に向き直ると、低い声で静かに話しかけた。

「ヴィクトールさま、出てきてはダメだと言ったではありませんか。全てが終わるまで中にいてくださると約束しましたよね？」

その声は、明らかに怒りを含んでいた。大人の私でさえ逃げたくなるというのに、陛下は逃げ出すどころか怖気《おじけ》づく様子さえない。

「すみません。ですが……」

「まあ、済んだことを言っても仕方ありません。今回は『魅了《チャーム》』という補助系の力だったからよかったものの、もしこれが攻撃系の力だったら、無事では済みませんでしたよ。それだけは理解しておいてください」

頷《うなず》いた陛下を見て、隊長は優しく笑った。

「今日は色々あってお疲れでしょう。部屋でゆっくりなさるといい。侍従武官《じじゅうぶかん》、ヴィクトールさまを部屋にお連れするんだ。念のため今日はメイドも誰も近づけるな。他にも魅了された者がいるかもしれないからな。今日中に見つけ出し、解呪《かいじゅ》しておく」

「……お願いいたします」

何か思うことがあったのだろう、侍従武官《じじゅうぶかん》は隊長に深々と頭を下げたあと、陛下を連れて部屋を出ていく。

「じゃあ、我々はユーリ殿下を塔にお連れします」

「オルソ、一人で行けるか？」

「大丈夫です。さすがに熊でオヤジの俺には『魅了《チャーム》』も効かないでしょう。そもそも男は好きじゃない」

ハハハと笑いながら、オルソは殿下をヒョイと肩に担《かつ》いだ。

殿下は虚《うつ》ろな目をしていた。もう逃げられないと諦《あきら》めたのだろう。

「それと、モリーだったな、お前にも取り調べを受けてもらう。もちろん約束通り、殿下に魅了され、操《あやつ》られていたことは考慮しよう。わかったな？」

「わかりました。罪をしっかり償《つぐな》おうと思います」

「アルダ、モリーを騎士団へ連れていけ」

「はい」

モリーは狼がしゃべったことに少し驚いたようだ。怖いのか、アルダから一定の距離をとって歩いている。これがアルダの言ってた、普通の女性の反応なのか……なるほど……もったいない。

アルダがモリーを連れて出ていくと、部屋には私と隊長だけが残された。

「これで解決したんでしょうか？」

「たぶんな。なんだかスッキリしないという顔だな？」

「ええ。少し……」

母が違うとはいえ兄が弟の命を狙っていたなんて、どうしても後味の悪さが残る。

「まあ、英雄譚《たん》や吟遊《ぎんゆう》詩人の話のように、物事が大団円で終わることはほとんどない。だからこそ、そういった話は人気で語り継がれるんだろう。今回の事件は犯人がきっちり捕まって罰を受ける。それだけでもだいぶマシなほうだ」

私は隊長の言葉に納得せざるを得なかった。ここはゲームやおとぎ話の世界ではないのだ。

「そうですね……殿下たちは、どんな刑になるんでしょうか？」

「ユーリ殿下に関しては、おそらく塔に幽閉《ゆうへい》だろうな。モリーに関しては、情状酌量《じょうじょうしゃくりょう》の余地があるので比較的軽い刑になるだろう。他に魅了されていた者がいたとしても、おそらくヴィクトールさまはその者を罪には問わないはずだ」

隊長の説明に、私はホッと息を吐き出した。今回の事件で唯一救われたのは、仲間にも敵にも死傷者が出なかったことだ。

そんな私に、何か言いたげな表情をしている隊長。

「……どうされたんですか？」

「お前は……いや、今はまだそれを問うべきではないな」

隊長は独り言のようにそう呟《つぶや》くと、話すのをやめてしまった。

「俺はミカが戻るまで、殿下の見張りにつかねばならない。だが、ルーシアは初めての事件で疲れただろう？　ゆっくり休むといい」

「わかりました……失礼します」

見張りを頑張ってください、なんて言うのも変だろう。私は頷《うなず》いて部屋を後にした。

第九章　それぞれの行方

　ユーリ殿下が逮捕された日の夜、シド隊長に呼び出された。シャワーを浴びていた私は、走って執務室へ向かう。

　きっと捜査に進展があったのだろう。そう思い、謝りながら飛び込んだ。

「すみません！　遅くなり……あれ？」

　ドアを開けた先には、予想していたオルソやアルダたちの姿はなく、隊長すらいない。

「部屋、間違えた？」

　だが壁面《へきめん》に並んだ勲章《くんしょう》といい、ソファーといい、どう見ても隊長の部屋だ。

　不思議に思ってキョロキョロ見回していると、奥の部屋からラフな格好の隊長が出てきた。少し湿った髪……シャワーでも浴びていたのだろうか？

「すまない、待たせたか？」

「いえ、今来たばかりです。勝手に入ってすみません」

「構わない、呼びつけたのは俺だからな。どうもあの甘ったるい匂いが身体に染み込んだ気がして、シャワーを浴びていた」

「甘ったるい匂い……ですか？」

私はそんなもの、『魅了《チャーム》』にかかっているときしか感じなかった。

「嗅覚《きゅうかく》の違いだ、気にするな」

そっか、隊長の鼻は狼並みだもんね。

「まずルーシア、今日はよくやった。今回の事件が解決したのは、お前の無茶のおかげだ」

やはり事件のことで呼ばれたらしい。

隊長に褒《ほ》められたのが嬉しくて、ニヤけながら頷《うなず》く。

「今後のことを簡単に話しておこうと思ってな。さっきも言っていた通り、殿下の取り調べはミカに任せようと思う。これ以上うってつけの相手はいないだろう。ミカはかなり嫌がったがな。はっきり言って説得するのが面倒だった」

「あはは」

ミカは根っからの女好きだ。女性に対しては非常に紳士的で優しい反面、男性のことは道端の石ころくらいにしか思っていない。唯一仲間——特殊部隊の男性陣のことだけは認めているようだが……

「笑い事じゃない。キアに頼むことも考えたが、キアはキアで面倒だからな」

キアさんはサキュバスだからね……彼女にとって男性である殿下は食事だ。ご馳走《ちそう》だ。確かに面倒なことになりかねないだろう。

どうしてこう、夜の一族の人たちは極端なのか……

「それと念のため、殿下の過去を探ることにした。あの様子では、これまでも『魅了《チャーム》』を使っていそうだからな。余罪が出てくる可能性が高い。キアを調査に向かわせる」

キアさんは人間離れした外見をしているが、男性からは非常にモテる。それを利用して情報収集も簡単に行《おこな》えるため、こういった仕事をよく割り当てられるのだ。

「もし余罪が出てきたらどうなるんですか？」

「おそらく被害者に見舞金を出すことになるだろう」

「殿下の罪はもっと重くなるんですか？」

私の問いに、隊長は渋い表情を浮かべる。

「俺としてはそうしたいところだが……ヴィクトールさまの心情もあるしな。皇族という身分を考慮すると難しいかもしれん……人知れず消すことも可能だが……ヴィクトールさまには隠し事はしないと約束している」

「ちょ……」

真顔で恐ろしいことを言ったあと、綺麗な言葉で締めないでほしい。ツッコみにくくて仕方ない。

今後の話を聞き終えたあと、私はふと思ったことを口にする。

「そういえば、どうしてオルソ副隊長やアルダが来てないんですか？」

ミカとキアさんがいないのはわかるが、あの二人はなぜ？

すると隊長は、ふっと笑う。

「どうしたんですか？」

「いや、ルーシアにしては珍しく気がついたなと感心したんだ」

まるで私が鈍感《どんかん》かのようない言い草にムッとする。さっき褒《ほ》めてくれたばかりなのに！

「どういう意味ですか？」

「簡単なことだ。お前に確認しておきたいことがある」

「なんですか？」

思い当たることが全くない。最近は事件にかかりきりで他の仕事はしていなかったし、事件のことなら事細かに報告している。もしかして何か抜けていただろうか？

「……お前は、俺のことが好きなのか？」

「なっ、好っ、そっ、どういう意味で!?」

思わぬ質問に焦りまくった私は、噛み噛みになってしまった。

「頼むから、ちゃんとした言葉を話してくれ」

「で、でもそ、そんな、きゅ、急に言われてもですね！」

動揺した私の顔からは、滝のような汗が……

「愛を告白されて、返事をしないままでいるのは主義に反する」

「こ、告白？」

私は激しく動揺する。

なんのことだかさっぱりわからない！　あれか？　隊内にドッペルゲンガー的な能力を持った人でもいて、私に化けて告白したのか？

シド隊長は呆れたように天を見上げて、盛大にため息を吐《つ》いた。

「あんなに熱烈な告白をしておいて、綺麗さっぱり忘れているとは、随分めでたいやつだ」

「え？」

戸惑う私の目の前に、隊長は赤いリボンを掲《かか》げた。

「あ……あああああ！」

私はそれを勢いよくひったくる。

——そうだ、隊長から『ピンチのときは愛している者の名を呼べ』と言われて、思いっきりシド隊長の名前を叫んだんだった！

今の今まですっかり忘れていたが、あの場には隊長もいたのだ。……仮死状態だったけど。

「き、聞こえてたんですか？」

「当たり前だろう」

「だって、死んで——」

「勝手に殺すな。死んだふりに決まっている。まあリアリティを出すために、心臓の動きを弱めたり、体温を下げたりはしたけどな」

人間離れしすぎです！　それを世間では死んでるって言うんですよ！

「……あの状態でも聞こえてたんですか？」

「当たり前だろう。目と耳を塞《ふさ》いでいては、事件を解決できない」

私は口をパクパクさせて後ずさりする。

「いやああああああ!!」

「おい待てっ！　ルーシア！」

隊長が呼び止める声を無視し、私は全力で走って逃げた。


そのまま走り続けて、私は屋上に隠れた。

少しの間じっとしていたが、幸い隊長は追いかけてこない。

「それはそれで少し寂しいけど……でも、今顔を合わせても何も言えないよ」

私は羞恥《しゅうち》と混乱で爆発しそうな頭で、今後どうするかを必死に考える。でも、いくら考えてもいい案は一つも浮かんでこなかった。

「日本に還《かえ》る？　でも……」

事件も解決した今、ここに残る理由はなくなった。あとは、隊長への未練だけだ。

「還《かえ》りたくない……もう少し、ここにいたいよ」

でもそのつもりではなかったとはいえ、告白してしまった。隊長はその返事をしてくれるみたいだけど、拒絶されたらどうしよう。

隊長に必要ないと言われたら？　そう考えるだけで、背筋が一気に冷えた気がした。

ぶるりと肩を震わせる。

辺りを見回すと、すでに暗くなっていた。もうすっかり夜だ。

「いつの間に……でも部屋に戻る気しないな」

そのとき屋上のドアが開いて、アルダが姿を現した。もちろん白い狼姿だ。

「アルダ！」

私が手を上げて呼ぶと、アルダはのしのしと歩いてくる。

「ごめん、少しだけ……触《さわ》らせてくれる？」

アルダは何も言わずに私の横に伏せた。

「ありがと」

白い毛に抱きつき、顔を埋《うず》めて撫でる。不思議なもので、今頭の中を占めるのはアルダでもクロでもなく、狼姿になった隊長でもなく、人間のままの隊長のことだった。

「ねえ、アルダだったらどうする？」

私の問いかけに、アルダは首を傾《かし》げた。

「叶わない恋のために、この世界に残る？　それとも元の世界に戻って、全てを忘れて生きる？　……待って！　何も言わないで……答えはいいの。できれば、ただ私の話を聞いてくれる？」

何か言いかけた口を閉じ、アルダは黙って頷《うなず》いた。

「私さ、はじめはクロに似た姿に夢中だったの。でも優しいんだよね。口は悪いし人使いも荒いけど、最終的には守ってくれるし、助けてくれる。それに……私を信じてくれる。見た目ももちろん格好いいんだけどさ……自信家で、でもそれを裏付けるだけの実力があって、口うるさいけど優しい。惚れるなってほうが無理だよね？」

アルダは元気出せとばかりに、前足でポンポンと背中を叩いてくれる。

「ありがと……アルダ、このあと任務あるの？」

アルダは目を閉じたまま、無言で尻尾を左右に振る。私が何も言わないでと言ったからだろう。そういう素直なところはアルダらしい。

「ねえ、このまま寝てもいい？」

物言いたげにじっと私を見つめたあと、アルダはため息を吐《つ》いて頷《うなず》いた。

「ありがとう」

モフモフの身体に抱きつくと、アルダは夜風から私を守るように丸くなった。狼の高めの体温を感じてシド隊長を思い出す。まるで隊長に守られているようで心地よかった。

私はそのまま目を閉じ、隊長に抱かれて眠った幸せな記憶を思い出しながら、夢の世界へと旅立った。


朝、眩《まぶ》しい光で目が覚める。前もあったな、こんなこと……

起き上がろうとして地面に手をつくと、なぜか柔らかい。

まさか、アルダのお腹でも押しちゃった？

「ごめ……っ!?」

謝りかけて、私は声に鳴らない悲鳴をあげた。

目の前には、いつぞやの朝を彷彿《ほうふつ》とさせる、物憂《ものう》げなシド隊長の寝姿があったのだ。

「た、た、隊長!?」

想定外すぎて言葉にならない。慌てて辺りを見回すと、なんとなく見覚えのある部屋だった。

「……執務室の奥にある、隊長の私室？」

私が呆然と呟《つぶや》いたとき、耳元で低い声がする。

「起きたか」

「た、た、た、た……」

腕から抜け出すことさえできず、馬鹿みたいに同じ言葉を繰り返す。

「……お前に言ったよな？　隊内の規律を乱すなと」

私は頷《うなず》いた。だが、何を指しているのかまではわからない。

――私が隊長を好きなこと？　それともアルダに抱きついたこと？

「男に抱きつくなと言ったはずだ」

そっちか！　今めっちゃ抱きついてます！　すみません！

離れようと思ってじたばたすると、腰に回された腕がきつくなる。

隊長！　言ってることとやってることが違いますー！

「なぜ逃げる？」

「だって……」

説明しようとしても、本人を前にしてはうまく説明できない。

「それに、叶わない恋とはなんのことだ？」

「……え？」

なんでそれを知ってるの⁉　まさかアルダが全部しゃべったとか⁉　あの隊長崇拝《すうはい》者め‼

「アルダから聞いたんですか？」

「お前……もしかして、まだ気がついてないのか？」

「え？」

「俺が姿を自由に変えられることは知っているな？」

私は黙って頷《うなず》いた。以前、私が乗れるように大きくなってくれたことがあるから、サイズも変えられると知っている。

「……見た目を変えられるんだぞ？　色だって自由に変えられるさ。いつもは面倒だから黒に統一しているだけだ」

その言葉で、一つの可能性に思い至った。

「ま、さか……？」

「昨日は二度も熱烈な告白をありがとう、ルーシア」

私は羞恥《しゅうち》でベッドに沈み込んだ。そんな私に隊長が覆《おお》いかぶさってくる。

「今度は俺の番だな」

「隊長の番？」

「ああ。どうやらうちの新人は鈍いらしいからな……はっきり言ったほうがよさそうだ」

にっこりと微笑む隊長。その姿は朝日を浴びて神々《こうごう》しいほど美しい。

「俺はお前が好きだ」

それを聞いて、頭が真っ白になった。

「遠慮なく人に抱きついてきたり、触《さわ》らせろと脅《おど》したと思えば、急に逃げ出したり……自分でも変な女に惚れたもんだと思うが、仕方ない。どうやら俺は押しに弱いタイプらしい」

隊長は私をじっと見つめる。その目は縦長の瞳孔《どうこう》とも相俟《あいま》って、さながら肉食獣のようだ。思わず逃げようとした私を押さえ込み、ニヤリと笑う。

「そして獣《けもの》の本能と言うべきか、逃げる者は追いたくなる。お前の場合は捕まえても安心できそうにないがな。毛玉を見たら危険も顧《かえり》みずにフラフラと寄っていってしまいそうだ。……ルーシア、俺のものになれ。そして約束しろ。俺以外の男にはむやみに近寄らないとな」

私は隊長の告白を信じられずにいた。

「これは……夢?」

「おい、人がせっかく愛を囁《ささや》いていると言うのに、夢とはなんだ。……これでもまだ信じられないか?」

隊長の顔が少しずつ近づいてくる。柔らかな髪が頬《ほお》にかかり、少しこそばゆい。

「ムードという言葉を知らないのか? まったく、目くらい閉じろ」

そう言って私の目を手で隠す。

次の瞬間、口づけをされた。

視界が開《ひら》けたとき、隊長と目が合う。熱に浮かされたような瞳が色っぽい。ペロリと唇を舌で舐めた隊長は、口の端を吊り上げて笑った。

「お前、歳のわりにはキスが下手――」

「なっ、何を言うんですかっ‼」

私はツッコミを入れる。またムードだなんだと言われるかもしれないが、そんなの構うもんか。むしろ、このピンク色の空気をどうにかしてしまいたい。

だが隊長は楽しそうに目を細めて、とんでもないことを言う。

「そういえばミカが言っていたが……お前は乙女らしいな。それはそれで楽しめそうだ」

……私は恥ずかしさで死ねる気がした。


事件の全容が明らかになったのは、事件から五日後のことだった。

隊長と殿下の見張り役であるミカ、それと微力ながらも事件解決に貢献した私を含めた四人で集まり、キアさんの報告を聞く。

本来なら大臣や司法長官にも同席してもらう必要があるのだが、殿下の『魅了《チャーム》』の力を公《おおやけ》にすることは憚《はばか》られた。

というのも、人を操《あやつ》れる力の存在が公《おおやけ》になってしまうと、民の間で混乱が生じる可能性が高い。そのためキアさんの報告会は、私たちだけで秘密裏《ひみつり》に行《おこな》われることとなったのだ。

「キア。お前にしては、随分時間がかかったな？」

「すみません。ユーリ殿下は幼少期から、数年おきに引っ越しをされていたようなんです。殿下が住んでいた全ての町を回って情報を集めてきたため、予定よりも少し遅くなってしまいました」

「いや、よくやってくれた」

隊長の言葉に、キアさんはにっこりと笑って続ける。

「度重なる転居の理由ですが、そのほとんどが町の女たちとのトラブルのようですね」

「トラブル？」

「はい。殿下に魅了された女たちとのトラブルです。母親であるアイリーンは、殿下の異能に気がつかなかったようですね。アイリーンには効果がなかったでしょうから、無理もありません」

「母親には効かないんですか？」

私の質問に、キアさんは頷《うなず》いた。

「『魅了《チャーム》』は性的な興奮を増幅させる力なの。母親は我が子に多くの愛情を注《そそ》いでも、性的な感情は抱かないでしょう？　だから、かからないのよ」

「じゃあ乙女は？　『魅了《チャーム》』は乙女にはかかりにくいって聞いたんですけど」

あくまでモリーのことだ。断じて私のことではない！

物言いたげなミカを、キッと睨《にら》みつける。

「それも同じよ。経験したことのない快楽は増幅できないの。ゼロに何をかけてもゼロのまま。ただし性的興味や恋愛感情は増幅できるから、一応魅了することはできるわ。術が解けやすいけどね」

私は、ふうんと頷《うなず》いた。

殿下はモリーが『魅了《チャーム》』にかかりにくいことには気づいていたみたいだけど、詳しいことは知らなかったのだろう。とにかくキッチンメイドを取り込むことを第一に考えていたようだ。

確かにキッチンメイドなら毒殺が行《おこな》いやすいし、殿下に容疑がかかる心配もない。毒が入った飲み物や食べ物がヴィクトール陛下のもとに運ばれてくるのを待つだけだ。

現場にはリュシアン侍従武官《じじゅうぶかん》という目撃者もいるから、自分が疑われることはない。責任を問われるのは実行犯であるキッチンメイドと、陛下を守れなかった侍従武官《じじゅうぶかん》だけ。

さらにライバルであるもう一人の皇位継承者——シド隊長の部屋で事件を起こせば、隊長は罪に問われずとも、周りから疑いの眼差しを向けられる。

……そうして自分は何もせず皇位につくという計画。なんという卑劣《ひれつ》な男だ。

「続きを報告しろ」

「はい。殿下が七つの頃までは、城下街に住んでいたものの、近所に住む二人の少女が大怪我を負ったことがきっかけで、北部の町へ引っ越したようです」

「怪我の詳細は？」

「十五年以上前のことなので、はっきりと覚えている者は少なかったのですが、全員の証言を繋《つな》ぎ合わせれば大体は……」

「話せ」

「七歳の殿下はとある花が欲しくなり、『魅了《チャーム》』の力を使って二人の少女にお願いしたそうです。それだけならよかったのですが、その花というのがアスラン——高地の崖《がけ》にしか咲かない珍しい花で……一人はそこから滑《すべ》り落ち、もう一人は帰り道に盗賊に襲われてしまったようです」

「アスランの花は、高値で取引きされているからな。少女が一人で持ち歩くなど、狙ってくださいと言っているも同然だ」

隊長の言葉に、キアさんはため息を吐《つ》きながら頷《うなず》く。

「幸い二人とも一命は取りとめましたが、『ユーリのためにアスランを採ってこないと』とうわごとのように繰り返すばかりであったと。殿下のモテっぷりは普段から有名だったそうで、怪しげな術を使っていると疑われ、追い立てられるように引っ越したみたいです」

「なるほどな」

「北の町でも似たような事件が二度起こり、ようやく母親のアイリーンも異能に気がついたようですね。とはいえ、どうすればいいのか誰も教えてくれませんし、ただただ殿下を外に出さないようにしていたとか」

母親は普通の町娘だったというから、無理もないことだろう。

「閉じ込めていたのか？」

「北の町の次に引っ越した町では、女の一人暮らしと思われていたようですから、殿下を一度も外には出していないのでしょう」

それを聞いて、少し殿下に同情してしまう。仕方ないとはいえ、むごい話だ。

「とはいえアイリーン一人で暮らしを支えるには無理があったようです。寝る間も惜しんで働いた結果、彼女は身体を壊しました。それからは、殿下も外に出て働いていたそうです」

まあアイリーンが倒れてしまえば生活できないのだから、殿下も働くしかないだろう。

「殿下は自宅に軟禁されていた間、独学で力の制御方法を身につけたのでしょう。そのため、以降は表立って問題になることはありませんでした。ただ……生まれ持ったその力を恨んでいたようです。そのせいで自分は閉じ込められ、母は身体を壊す羽目《はめ》になり、住み慣れた町を追い出されたと。酒場で酔って、そう零《こぼ》していたことがあるそうです。給仕の女性が覚えていました」

その気持ちはわかる。私だって『夢視《ゆめみ》』の力は怖かった。理解し、導いてくれる父や兄がいたからこそ乗り越えられたのだ。

「城に来たのは皇位を奪うためか？　それともヴィクトールさまを苦しめるためか？」

「はじめは自分の父親に興味があったようです。ですが、親子の情を交わす間もなく先代が崩御《ほうぎょ》、残されたのは大切に守られ育てられてきた異母弟《おとうと》です。これが異父弟なら殿下の気持ちも違ったかもしれません。ですが、母を苦しめ、自分をも苦しめた父親の血しか受け継いでいないとなると……」

キアさんは黙って首を横に振る。

「そうか……。ご苦労だったな」

そこで、ずっと黙っていたミカが初めて口を開いた。

「隊長、殿下にはどのような処罰が下されるんでしょうか？」

「ミカ、お前がそんなことを気にするなんて珍しいな。男のことなど、道端の石ころほども気にしないお前が」

「殿下の『魅了《チャーム》』の力に、少し興味がありましてね。あの力は我々夜の一族が得意とするもの。殿下の力が『救国の英雄《サンティエール》』から受け継がれた能力なのだとすると、我々の力とどんな違いがあるのかと思いまして」

「なるほど。初代は高いカリスマ性を持っていたと言うが、案外、その力のおかげだったのかもしれんな」

「そんな他人事のようにおっしゃいますが、シド隊長も持っているでしょう？」

隊長は何も言わずに笑うだけだった。

まあ、『魅了《チャーム》』の力って公《おおやけ》にしたら色々危ない気がするし、種族的に持っていることが明らかな吸血鬼やサキュバスでもなければ、隠すのは当然なのかも。

「死罪は……ヴィクトールさまが反対しておられる。だがユーリ殿下を外に出せば、同じことの繰り返しだろう。力を使えば協力者はいくらでも現れるからな……それらを考慮すると、やはり幽閉《ゆうへい》が妥当《だとう》か」

「わかりました。『魅了《チャーム》』は使いどころが多いので、いい人材になると思ったんですがね。残念です」

「今はまだ難しいが……いずれは考えておこう。キア、ご苦労だった。ミカは殿下の幽閉《ゆうへい》先が決まるまで、もうしばらく見張りを頼む」

「なんなら、私が教育しておきましょうか？」

先程のキアさんの発言を受けて、ミカがそう申し出る。

「……したいと言うなら止めはしないが、ほどほどにな」

隊長は大きなため息と共に頷《うなず》いた。

「女性を利用してポイ捨てするような外道《げどう》、この私が一から教育し直してあげますわ。お任せください」

男嫌いのミカがあえて引き受けたのだ。ユーリ殿下は相当きつい教育とやらを受けることになるだろう。ミカが性根を叩き直してくれたらいいなと思う。

報告を終えたキアさんとミカは、隊長に敬礼して部屋を後にする。

「一応はこれで解決だな」

二人が出ていったあと、隊長は私を振り返って言った。

隊長と心が通じ合ってから、ずっと考えてきたことを口にする日がついに来た。

「なんだ、思いつめた顔をして？」

「隊長！　日本への召喚《しょうかん》ゲートを開いてもらえませんか？」

なんの前置きもなしに告げると、隊長はこれまでに見たこともないほど驚いた表情をした。

「まさか、還《かえ》る……つもりなのか？」

隊長にしては、珍しく歯切れの悪い言葉。その声はひどく掠《かす》れている。

「いいえ、還《かえ》りません」

私はゆっくりと首を横に振って否定した。

その言葉に安堵《あんど》の息を吐いたあと、隊長は怪訝《けげん》な表情で尋ねてくる。

「ではなぜ？」

「私はこの世界に残ります。隊長と過ごしたこれまでの記憶を失いたくないし、一度還《かえ》ってしまったら二度と会えなくなる。そんなの耐えられません。でも日本には突然消えてしまった私のことを、心配して探しているであろう家族がいるんです。彼らに、私はこちらで幸せに暮らしていると伝えたい。だから私の帰還《きかん》用の召喚《しょうかん》ゲートを使って、手紙を送りたいんです」

隊長と結ばれた今、私はここで生涯を終えたいと望んでいる。でもその場合、家族は私のことを一生心配し続けるだろう。自分の幸せだけを求めて、父や兄や甥《おい》を苦しめるわけにはいかなかった。

「そうか……家族よりも、俺を選んでくれたのか……」

隊長はそう呟《つぶや》くと、私を優しく抱きしめた。

「すまない、辛い選択を強《し》いてしまったな」

私は隊長の胸の中でゆっくりと頷《うなず》く。

でも、これは隊長への想いに気がついたときから、ずっと悩んでいたことだ。長い時間をかけて答えを出したので、迷いや後悔はすでになかった。

「召喚《しょうかん》ゲートで手紙を送ることは可能だ。だが前にも伝えた通り、使えるのは一度きり。手紙を送ったあとになって還《かえ》りたいと言っても、もう叶わないが……本当にいいんだな？」

「はい。手紙や送りたいものを用意するので、一週間ほど待ってもらえますか？」

これは皆への最後の贈り物となる。だから私は手紙以外にも、気持ちのこもったものを送ろうと考えていた。

「もちろんだ、焦らずゆっくり用意したらいい」

その十日後、私は父と兄夫婦と甥《おい》への手紙、さらに皆へ一つずつプレゼントを買った。どれもこの世界のものだが、魔力が込められてさえいなければ、送っても問題ないらしい。そして近々生まれてくる姪《めい》には、メイドさんに教えてもらいながら靴下を編んだ。

私はそれらを持って、隊長の部屋を訪れる。

事件解決のご褒美ということで有給をもらった私は、その数日間を皆へのプレゼント選びと靴下を編む作業に費《つい》やした。そのため隊長に会うのは久しぶりだ。

私の腕に抱えられた包みを見て、隊長は全てを察したようだ。

「決まったか」

「はい……有給をありがとうございました。おかげで納得のいく贈り物を選べたと思います」

包みの中には手紙の束と、それぞれへの贈り物が入っている。

父にはシンプルな指輪を買った。神職なので普段アクセサリーをつけない父だが、母との結婚指輪だけはずっと身につけている。それに重ねてつけてくれたらと思って選んだのだ。

兄には香水を買った。本人が好《この》んで使っていた爽《さわ》やかな香りと似たものだ。丸っこいビンに入っていて可愛らしい。

明人にはペンを贈る。これから学生として勉強していく明人に、一番相応《ふさわ》しいと思ったからだ。

ちょっとアンティークな造りで使いにくいかもしれないが、綺麗な細工が施《ほどこ》されていた。

義姉《ねえ》さんには髪飾り。綺麗な石が入っているものの、普段使いできるように小ぶりなものにした。きっと喜んでもらえると思う。

そして生まれてくる赤ちゃんには、手作りの靴下と銀製のスプーン。私からの最初で最後の贈り物だ。

これらを買ったら、ずっと使わずに貯めていた給金がほとんどなくなってしまった。それでも納得できるものを買えて、私は満足だった。

「本当にいいんだな？　……今ならまだ間に合う。本音を言えば、部屋に閉じ込めてでもお前を還《かえ》したくないが、それでは意味がない。俺が愛したルーシアは、いつも、どんなときでも自由だった。だから、お前の意思で残ってほしい」

そう告げた隊長の瞳は、迷っているかのように揺らいでいた。そんな瞳さえ美しいなんて、本当にずるいなあ。そう思いながら、まっすぐに見つめ返す。

「はい、気持ちは変わりません。お願いします」

「……わかった。では今から召喚《しょうかん》ゲートを開く。少し離れていろ」

隊長の口から不思議な言葉が紡《つむ》がれる。一つ、また一つと光の粒子《りゅうし》が増えていき、次第に隊長を取り巻く。そしてひときわ強く光ったと思ったら、宙に浮かんでいた光の粒子《りゅうし》は消え、地面に魔法陣のような文様《もんよう》が白く浮かび上がっていた。

「送りたいものをよこせ」

私は布に包んでひとまとめにした荷物を隊長に渡す。ずしりとした重みが手から離れたとき、少し寂しさを感じた。

隊長が魔法陣の中央に荷物を置く。そして自分の懐《ふところ》から、一枚の封筒を取り出した。

「これも、一緒に送ってもいいか？」

「それは？」

隊長は真剣な表情で告げる。

「……ルーシアの父上に宛てた手紙だ」

「父に……？」

「お前がこの世界に来たのは偶然とはいえ、留まるように望んだのは俺だからな。本来なら会って許しを得たいが叶わない。ならば、せめてこれくらいはな……」

私の目に、ずっとこらえていた涙が滲《にじ》んだ。

「ありがとうございます。お願いします」

隊長は頷《うなず》くと、荷物の上に、そっと手紙を載せた。

そしてもう一度何かを唱えると、魔法陣から光が放たれ、荷物を包み込む。視界が白くなるほどの光と共に、荷物は消えてしまった。

地面に描かれていた魔法陣も跡形《あとかた》もなく消えている。

もう二度と還《かえ》れないという不安感と、激しい喪失《そうしつ》感が私を襲う。覚悟していたはずなのに、小刻みに手が震えた。

「ルーシア……」

そっと背後から抱きしめられ、温もりに包まれると、ざわついていた心が不思議と落ち着く。

「俺を選んでくれてありがとう」

私は無言で頷《うなず》いた。

「全身全霊をかけて誓おう。生涯お前だけを愛し、守り抜くと」

「……それって、プロポーズみたいですね」

「そのつもりだが、お前の考えは違ったのか？　……ま、もう戻れないんだ。観念して俺のものになれ。必ず幸せにしてやる。それに、いつでもクロ姿になってやるぞ？」

とんでもない殺し文句に、私は声をあげて笑った。そして身をよじって隊長に向き合う。

「私のこと、絶対に幸せにしてください！　約束ですよ？」

隊長は微笑んで私を力強く抱きしめたあと、誓いのキスのように優しく唇を落としたのだった。

番外編

これは夢か現実か？

「隊長！　次のお休みは一緒に出かけませんか？」

夕方、仕事を終えたルーシアは、シドの執務室に来るなりそう言った。

「どこに行きたいんだ？」

「イフィア・ベイって聞いたことあります？　三年くらい前にできた遊園地らしいんですけど……水と光と自然をテーマにしてて、この時期はちょうど季節限定のイベントをやってるそうなんですよ！」

ルーシアは早口で捲《まく》し立てる。話しながら一歩ずつシドに詰め寄っていることに、本人が気づいているのかどうかはわからない。だが、その様子からよほど行きたいのが見て取れた。

「それなら知っているが……どうせキアにでも聞いたんだろう？」

シドが苦笑しつつも頷《うなず》くと、ルーシアは満面の笑みを浮かべる。

「そうなんです！　今日のお昼はキアさんとご一緒したんですけど、そのときに教えてもらって！」

「やはりな……ま、行くのは構わないが、二人そろって休みの日にしないとな。それに、どうせなら連休のほうがいいだろう？　そうなると少し調整が必要だな」

シドは隊員たちのシフトが書き込まれた紙を見つめている。彼は隊長ゆえに、他の隊員よりも休みが少ないのだ。

「あ！　それなんですけど、私は十五日と十六日、連続でシフトが入ってないんですよ。キアさんも偶然同じシフトだったんですが、よかったら隊長と代わってあげる、って言ってました！　お礼は遊園地のお土産《みやげ》でいいって……キアさん、見た目だけでなく心まで美しいんですねえ」

ルーシアはそう言って、にこにこ笑っている。

「キアが？」

シドは怪訝《けげん》な顔をした。シドの知る限り、キアは仕事以外では自分の興味のあることでしか動かない人間だからだ。

けれど、何かに思い至ったかのように「ああ」と頷《うなず》く。

「そういうことか……まあいい、乗ってやる」

面白そうに笑ったシドから、ルーシアは少し身を引いた。

「た、隊長？　なんだか顔が怖いんですけど……？」

「いや、キアの思惑に乗ってやろうかと思ってな」

「思惑？」

首を傾《かし》げるルーシアに、シドはなんでもないと低く笑う。

「さて……キアには礼として土産《みやげ》を買って帰るんだったな？」

頷《うなず》くルーシアを見て、シドは笑みを深める。

「では、そこに連れていってやる礼として、俺も何かもらおうか」

「え？」

引きつった顔で後ずさるルーシアを、一歩ずつ確実に追い詰めていくシド。やがてルーシアの背中が部屋の壁にドンとぶつかる。

「ちょ……ちょっと待ってくださいよ」

ルーシアは慌ててお願いするが、その上目遣いがシドを余計に煽《あお》っていることには気がついていない。

「待てないな」

そしてシドとルーシアの唇が触れ合う直前――部屋のドアがトントントンとノックされた。

シドは短く舌打ちし、自《みず》らドアを開けにいく。

そしてドアの向こうにいた人物を見て、目を丸くした。

「ヴィクトールさま……」

「すみません、約束もないのに来ちゃいました。あ……もしかしてお邪魔でしたか？」

ひょっこりと顔を覗《のぞ》かせたヴィクトールは、ゆでだこ状態のルーシアを見て、そう付け加えた。

「とんでもないです!!　大歓迎ですよ!!　わ、私はお茶を淹《い》れますね。ささっ、座ってください」

ルーシアはヴィクトールに椅子を勧め、そそくさとお茶を淹《い》れ始めた。

「ところで、ずっと気になっていたんですが……ルーシアさん、いつまでシドのことを『シド隊長』なんて呼ぶつもりですか？」

ヴィクトールが無邪気に尋ねると、ルーシアはティーカップを持ったまま固まった。そして油の切れたロボットのようにぎこちなく顔を向け、引きつった笑みを浮かべる。

「だ、だって、隊長は隊長じゃないですか！」

「でも、シドとルーシアさんは恋人同士なんですよね？」

「え？　なんで知って……いや、違っ！　そうじゃなくて……」

しどろもどろになって否定するが、二人が付き合っているのはバレバレである。

ルーシアは皆にバレないように気をつけているらしいが、ヴィクトールはシドから聞いて知っていた。シドは交際を隠すつもりはないらしく、仕事とプライベートの線引きはしているものの、ルーシアと一緒にいるときの表情はいつもの百倍は甘くて優しい。

そんな二人の恋の行方を好奇の目で見ている者も多く、『救国の英雄《サンティエール》』の子孫であるシドが、部下の異世界人《アウター》と何ヶ月もつか？　という下世話な賭けまで行《おこな》われているとか……

ちなみに一番人気は『六ヶ月で破局』というもので、二番人気が『一年後に結婚』というものだ。大穴は『逃げるルーシアを捕まえて強引に結婚』という、彼女の人権を完全に無視したものである。

他にも『ルーシアが元の世界へ還《かえ》る』というすでに実現不可能となっているものや、『ルーシアが実は男だった』というもの、『ルーシアが既婚者《きこんしゃ》だった』なんてものまで存在する。

それらの個性的な選択肢は日ごとに増えていた。というのも賭けの参加者たちは、自分で自由に考えた『結末』に投票できるからだ。

それもあってこの賭けは非常に人気を呼んでおり、特殊部隊の面々も八割がた参加しているとか……。

だが注目されることに慣れているシドは全くと言っていいほど気にしておらず、ルーシアに至っては気づいてもいない。彼女が気づけばひと波乱ありそうな気がするが……楽しい賭けを邪魔されてはならんと、彼女に教える者は誰もいなかった。

実はヴィクトールも参加者の一人で、『一年後に結婚』に賭けている。

誰よりも近しい場所で二人を観察してきただけに、ヴィクトールは自信があった。

だがそれとなく探りを入れたとき、シドから『手を出したのはつい最近』だと聞かされ、顎《あご》が外れそうなほど驚いた。てっきりルーシアなんて、とっくの昔に美味《おい》しくいただかれているものと思っていたのだ。

――まずいな。もう付き合い始めてひと月が経とうとしているのに。

皇位継承権第一位で、『救国の英雄《サンティエール》』の子孫でもあるシド・サンティエール。彼の結婚式ともなれば、皇帝のそれと並ぶくらい派手にしなければならない。もしシドが嫌がったとしても、各国への見栄《みえ》や体裁《ていさい》もあるので、準備期間だけで一年近くは必要だった。

それでも一年後には結婚するとヴィクトールが考えたのは、すでに二人で話を進めているものと思い込んでいたからだ。

ルーシアがシドの部屋から何度も朝帰りしていることは、メイドたちの噂話《うわさ》で聞いていた。このままではすぐに結婚してしまうと思い、『一年待て』とシドを説得する方法まで考えていたほどだ。

だがこのルーシアの反応を見る限り、まだそのような話は出ていないらしい。

もし一年後に結婚式をするのなら、ドレスや会場の手配に招待客の人選など、今すぐ手配しなければならない。特殊部隊で働いているルーシアはドレスなど持っていないだろうし、型紙から作らねばならないだろう……

——一年では間に合わないかもしれない。

そう考えたとき、ヴィクトールは自分が賭けた金額を思い出した。はした金とは決して言えない金額だ。賭けに勝ったら国家予算の足しにしようと考えている。

悩みながら、ちらっとルーシアへ視線を向ける。すると目が合い、ヘラリと笑われた。

この能天気な笑みが、ヴィクトールは好きだった。平和そのものという感じがするからだ。

とはいえ、国家予算がかかっている。ヴィクトールは心を鬼にすることを決めた。

「ルーシア・サンティエール……なかなか綺麗な響きですよね」

ルーシアはお茶を噴き出し、真っ赤になる。

「な、何をっ？」

「招待客はどうしましょう？　僕とシドで選んでもいいですか？　式をこの城で挙げるのなら、内装から何から全て変えていただいて構いませんよ。なんといっても、シドとルーシアさんの晴れの日ですからね。ドレスも国で一番人気のある仕立て屋に頼みましょう」

ヴィクトールが一気に話し終えたとき、ルーシアはポカンとしていた。

「なんなら、もう一度言いましょうか？」

さらにたたみかけようとしたヴィクトールを、シドが強い口調で制止する。

「ヴィクトールさま。言いたいことはわかりました。あとは俺が」

ヴィクトールはまだ子供だが、とても聡《さと》いので引き際を心得ていた。

「わかりました。僕はそろそろ仕事に戻るとしましょう。では、また」

そう言ってヴィクトールは部屋を出た。

ドアの外で待機していたリュシアン侍従武官《じじゅうぶかん》が、さっと傍《そば》に寄る。だがヴィクトールは閉じられたドアに忍び寄り、耳をぴたりとつけた。

皇帝ともあろう者が、こんなことをするのは前代未聞《ぜんだいみもん》だ。

リュシアン侍従武官《じじゅうぶかん》が何か言いかけたが、ヴィクトールは「シッ」と口に指を当ててみせる。

リュシアンは喉《のど》から出かかった言葉をグッと呑み込んだ。

防音性に優れたドアではあるが、耳をつければ、うっすらとルーシアの声が聞き取れる。動揺しているからかルーシアの声は大きい。

ありがたい、とヴィクトールはニンマリ笑った。


——私と隊長が、結婚ですか⁉

——もちろん、嫌じゃないですけど……交際期間が三年は欲しいな、と……

——だから嫌とか、そんな理由じゃないですって！

——と、閉じ込める？

——さっきの続き？　え？

——隊長、目が怖いです。って……きゃあっ！


「チッ」

ヴィクトールは短く舌打ちする。二人が奥の部屋に移動したのか、声が聞こえなくなってしまったからだ。

まあ他人の睦言《むつごと》まで聞くつもりはないからちょうどいい。

しかし、この話の流れでは『一年後に結婚』ではなく、大穴の『逃げるルーシアを捕まえて強引に結婚』が勝ちそうだ。

待てよ、とヴィクトールは考えを巡らせる。今賭けている『一年後に結婚』は人気があってオッズが低い。だが……大穴なら？

「ああ、そうか。そっちに賭ければいいんだ」

にっこりと黒い笑みを浮かべるヴィクトールを、リュシアン侍従武官《じじゅうぶかん》が微妙な表情で見つめていた。

「何か言いたそうだね？」

そう問われたものの、先程『しゃべるな』という指示を受けたリュシアン侍従武官《じじゅうぶかん》は、無言で首を横に振る。

「じゃ、今後の作戦を練るために一度部屋に戻ろうかな？　攻め方を変えなきゃならないからね」

足取り軽く自室へ向かう皇帝の背中を見て、リュシアン侍従武官《じじゅうぶかん》は大きなため息を吐《つ》くのだった。

◆　◆　◆

とてもリアルな夢を視《み》た。明人はベッドからバッと跳ね起きる。

恐ろしい夢でもなんでもない。ただ大人と子供が話しているだけの夢だったのに、すっかり息が上がっていた。

「あれは……まさかひかりさん？」

行方不明になった叔母から直筆《じきひつ》の手紙が届いたのは、数ヶ月も前のこと。信じられないことに祖父宛の封筒には、上司で恋人だという男性からの手紙も入っていたらしい。

もしかしてさっきの夢に出てきたのは、手紙に書かれていた皇帝や隊長だろうか？

ルーシアと呼ばれていた人物は、どこをどう見ても明人の叔母――佐木見ひかりであった。困ったときにヘラリと笑うあの癖《くせ》まで同じなのだ。他人の空似《そらに》ではないだろう。

夢に出てきた人物はひかりの他に三人。皆表面上はいい人そうに見えたが、どことなく腹黒い印象だった。

「……あのお人よしのひかりさんじゃ到底太刀《たち》打ちできそうにないけど、大丈夫かなあ」

心配になって、ため息を吐《つ》く明人。

「だけど……」

明人は最後に視《み》たシーンを思い出し、赤面した。子供には少々刺激が強かったのだ。それを頭から振り払うように、勢いよく首を横に振る。

「ま、なんだかんだ言っても、ひかりさんは幸せなんだろうし、それならいいか」

最後のシーンだけは自分の心に秘めて、残りは今日にでもおじいちゃんに話しに行こう。そう決めると、もう一度ベッドにもぐり込むのだった。

甘く淫らな恋物語
Noche
ノーチェ
ノーチェ文庫
創刊!!
好評発売中
シンデレラ・マリアージュ
Cinderella Mariage
偽りの結婚がもたらした、淫らな夜——
佐倉紫
Illustration: 北沢きょう
間違えた出会い
A WRONG ENCOUNTER
文月蓮
Illustration: コトハ
男装して騎士団に潜入!
ところがそこで……
定価：各640円+

雨宮茉莉（あまみや まり）
兵庫県出身。本好きが高じて 2012 年 2 月より小説を書き始める。趣味は読書と旅行。

イラスト：カトーナオ
http://kato-nao.jugem.jp/

60秒先《びょうさき》の未来《みらい》、教《おし》えます

雨宮茉莉（あまみや まり）

2016年11月 4日初版発行

編集－及川あゆみ・宮田可南子
編集長－塙綾子
発行者－梶本雄介
発行所－株式会社アルファポリス
　〒150-6005東京都渋谷区恵比寿4-20-3恵比寿ｶﾞｰﾃﾞﾝﾌﾟﾚｲｽﾀﾜｰ5F
　TEL03-6277-1601（営業）　03-6277-1602（編集）
　URL http://www.alphapolis.co.jp/
発売元－株式会社星雲社
　〒112-0005東京都文京区水道1-3-30
　TEL 03-3868-3275
装丁・本文イラスト－カトーナオ
装丁デザイン－ansyyqdesign
印刷－大日本印刷株式会社

価格はカバーに表示されてあります。
落丁乱丁の場合はアルファポリスまでご連絡ください。
送料は小社負担でお取り替えします。

ISBN978-4-434-22579-6 C0093